바깥은 불타는 늪 / 정신병원에 갇힘

알마 인코그니타 Alma Incognita
알마 인코그니타는 문학을 매개로,
미지의 세계를 향해 특별한 모험을 떠납니다.

바깥은 불타는 늪 / 정신병원에 갇힘

김사과

차례

III

못생긴 고구마같이 길쭉하게 뻗은 맨해튼을 남북으로 가로지르는 길 가운데 5번가는 단연 돋보이는, 진부하게 들리겠지만 길의 여왕이다. 공황발작 직전의 흥분 속 쇼핑-관광-산책자들, 만성 불황과 빈부 격차의 정조情調를 차단하는 영광의 소음과 먼지, 다시 말해 그 찌든 돈 냄새에 혹하지 않기란 불가능하다. 에르메스, 샤넬, 프라다, 디올… 늘어선 값비싼 이름들 너머 황금빛으로 웅장하게, 지나치게 웅장하여 유치하게 느껴지기까지 하는, 발기된 페니스의 형상을 한 트럼프타워의 모퉁이로 들어서면, 살짝 나른한 채도로 사람들을 설레게 만드는 낯익은 민트색의, 옛날 옛적 오드리 햅번이 식은 프랑스빵을 뜯어먹으며 하염없이 바라보던 티파니 매장을 지나 끝없이 이어지는 몰인간적인 체스판 구획을 따라 발

걸음을 영원토록 갱신하게 만드는, 매 순간 다가오는 저 압도적 세계에 감히 뭐라 토를 달 수 있단 말인가.

뉴욕.

힘의 완벽한 쇼케이스 장소.

승리의 다른 이름이자, 즉 나의 완전한 패배라고 할 수 있다. 무정한 거리는 그러나 다행히도 패배자를 위로하는 깜짝 선물을 하나 마련해놓았다. 수십 번, 수백 번, 지고 또 지기만 하는 가엾은 패배자를 위로하듯 멀리서 다가오는 하나의 선율이 바로 그것이다.

무지개 너머 어딘가_{Somewhere over the rainbow}
파랑새들이 날아다녀요_{Bluebirds fly}
새들은 무지개 너머로 날아다니는데_{Birds fly over the rainbow}
오, 왜, 나는 그럴 수 없죠? _{Oh why, oh why can't I?}*

오, 왜, 나는? 왜죠? 마음속 뭉게뭉게 피어오르는 의문을 물끄러미 응시하다가는 문득, 이 불길한 선율이 하나의 진실을 가리킨다는 것을 깨닫는다. 아주 간단한 진실, 내가 미쳐가고 있다는, 아니 오래전에 완전히 돌아버렸다는 사소

---

*   영화 〈오즈의 마법사〉(1939) 수록 곡 〈무지개 너머로Over the Rainbow〉

한 진실을 말이다. 굳이 그 진실의 출처를 거슬러 올라가다 보면 다시금 내 눈앞에 놓인 몹쓸 땅으로 회귀하게 된다. 뒷 목 땡기게 만드는 이 몹쓸 섬을 체험하는 최적의 방법은 물론 코카인을 만땅으로 채운 채 걷는 것이다. 하지만 마약에 손을 대는 것은 여러모로 성가신 문제를 발생시키므로 비겁한 대안인 커피에 의지하여 아찔한 모험의 문을 열어젖혀보자. (뉴욕의 커피는 백인 부자 아저씨의 겨드랑이에서 풍겨져 나오는 암내 진동하는 돈 냄새의 그윽함, 혹은 돈 냄새 진동하는 암내의 달착지근함을 극적으로 형상화해낸 톰포드의 향수 오드우드 향을 풍긴다.) 즉, 끔찍하게 선정적인 향수인 동시에 코카인의 겁 많은 대체제에 불과한, 식초처럼 톡 쏘는 커피를 석 잔쯤 걸치고 마돈나의 〈보그Vogue〉를 배경 삼아 파워워킹을 하기에 뉴욕 5번가보다 적절한 장소는 없다. 정신승리(All you need is your own imagination)를 순결한 광기로 승화시켜서(Go inside, for your finest inspiration), 열려라 참깨(Your dreams will open the door)의 주문을 외우면… 짜잔, 완전히 맛탱이가 가버리는 것이다(You're a superstar, yes, that's what you are).

사람들이 아프리카에 가는 이유는 기린을 보기 위해서다. 파리에 마카롱을 먹으러 가거나, 런던에 유서 깊은 사이코패스들을 구경하러 가듯이, 만약 당신이 뉴욕을 방문한다면 그것은 정신 나간 산책을 실행하기 위함이다. 혹시 내가 신인가? 마돈나인가? 설마 도널드 트럼프인 걸까? 하지만 만약에 미셸 오바마라면? 원대하게 뻗어나가는 망상의 끝에서 감동과 서글픔 그리고 다 털린 지갑을 깨닫는 순간까지 걷고 또 걷기. 산책의 형식으로 제시되는 이 신선하고 고약한 자기 고문은 뉴욕을 체험하는 유일한 방법이다.

걷기.

사방이 90도 수직으로 꺾이는 미친 방식의 산책은 뉴욕에서만 가능하다.

걷기,

오직 걷기.

파산에 이르는 쇼핑에 이르도록

걷기. 데킬라 일곱 잔과 함께

걷기. 틴더 앱과 함께

걷기.

유튜브와 함께, 인스타그램과 함께

팬케이크를 토할 때까지 먹고

걷기.

(물론 뉴욕에 온 사람들은 각자 알아서 미친놈처럼 걷기 시작한

다. 내가 오지랖 떨지 않아도 뉴욕에 도착하는 순간 모든 사람들은 아주 자연스럽게 그렇게 된다. 왜냐하면 이 빌어먹을 도시에서 한번 움직이기 시작한 뒤에 멈춘다는 것은 발목이 분질러지지 않는 한 불가능하기 때문이다. 그러니 조심, 또 조심해야 한다. 이 도시는 무서운 동화책에 나오는 저주받은 소년소녀들로 가득 차 있으니!)

Spotted.

고층 호텔 테라스 냉랭한 표정의 부자 소녀의 시선이 꽂힌 장소에는 거대한 구토물 웅덩이에 모여들어 아침 식사에 여념이 없는 비둘기 떼를 빵빵 대며 쫓아내는 우버 기사, 여기저기 홀린 표정으로 아이폰을 쳐들고 사진을 찍어대는 관광객들, 신호등 앞 절박한 표정으로 길을 가로막고 서 있는 정통파 유대인, 그의 뒤로 펼쳐진 그림 같은 식당 창문 너머, 이 모든 쇼의 무가치함을 조소하는 금발 남자애의 공들인 사립학교식 양아치 표정. (배경음악은 고릴라즈의 〈우리가 도착한 모든 행성은 죽어 있다Every planet we reach is dead〉, 그렇다, 조금씩 다가오는 미드타운의 건물들은 죄다 죽어 있었다.)

자주, 그 근방을 서성였다. 부은 발목을 질질 끌며. 매번 같은 식으로 스며드는 망상에 소름이 끼치게 두려워지면서도 무선 헤드폰의 폭신한 스펀지 틈으로 스며드는 사이렌 소리와 데이비드 보위의 〈블랙 스타Black Star〉가 기가 막히게 섞여드는 순간 어김없이 빚어지던 궁핍한 착란의 품에서 빠져나올 수가 없었다, 도무지, 절대 아무와도 나누고 싶지 않은 유치한 상상들이 온 거리에 전시, 노출되는 순간, 반미치광이의 두뇌 아니 헤드폰 속, 러시아워의 스트레스로 꽉 찬 지하철역에서 호통치듯 들려온 환청, YOU MAY THINK YOU'RE IN HEAVEN!*

순간 도시가 눈앞에서 진짜 천국으로 변모하기 시작한다. 이어지는 노래는 카녜이 웨스트의 〈신상 노예들New Slaves〉, 내가 위치한 곳은 적절하게도 티파니와 버그도프굿맨 사이 어딘가, 아찔하도록 높고, 솜사탕처럼 보드라운 무지갯빛 구름 위, 혹은 잘나가는 CEO의 자가용 헬리콥터 안, 바람을 난도질하는 프로펠러 소리, 순식간에 멀어지는 황금단지 맨해튼이 손바닥만 하게 줄어들어 손에 꼭 쥐어지는 딱 그 순간 다시 추락을 시작하는 시야, 순식간에 추락하고 축소되어, 좁아지고 더욱 좁아들어 마침내 다시, 소음의 망치질로 가득한 N트레인 속의 나, 숨조차 마음대로 쉴 수 없는 좁디좁은 간극 속의 인간들, 쩍쩍 갈라져 황폐했던 카녜이의 목소리는 삼십 초 동안 오늘의 주제가였다. 끝내 사라지지 않는 지겨운 환청 같은 사이렌 소리를 배경으로, 느닷없이 바뀌는

---

* 자미로콰이, 〈궁핍한 환영Destitute Illusions〉

곡의 전개와 함께 그가 늘어진 테이프 같은 목소리로 나에
게 속삭였다.

　　여기는 불타는 늪
　　그 안의 정신병원
　　빠져나갈 수 없다
　　절대
　　빠져나갈 수 없다

I

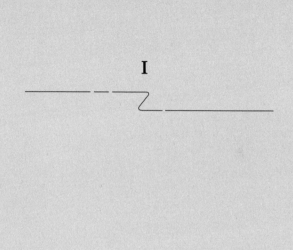

바깥은 불타는 늪

뉴욕에 온 뒤 나는By the time I got to New York

왕처럼 살았고I was living like a king

돈을 탕진한 뒤에는Then I used up all my money

당신들 꽁무니를 쫓아다녔지I was looking for your ass

이렇든 아니든This way or no way

알다시피 나는 자유로울 거야You know, I'll be free

바로 그 파랑새처럼Just like that bluebird

지금 내가 그래 보이지 않나?Now ain't that just like me?

__ 데이비드 보위, 〈나사로Lazarus〉

데이비드 보위는 2016년 1월 10일 뉴욕에서 죽었다. 마지막 앨범인 〈블랙 스타〉가 발매된 예순여섯 번째 생일을 딱 이틀 앞두고.

그가 간암으로 죽어가며 매달린 유작을 오랫동안 멀리했다. 소독용 알콜이 배어든 산송장 냄새가 고약하게 풍겼기 때문이다. 하지만 뉴욕 산책에 그보다 적절한 배경음악은 없다는 생각이 든다. 썩어 허물어지는 나무합판으로 만든 신발장 같은 도시, 쥐와 바퀴벌레가 가득한, 하여 끝없는 살균 작업이 진행되는, 하지만 우리의 정다운 친구들인 쥐와 비둘기, 다람쥐와 근면한 바퀴벌레들을 박멸해내는 것은 절대 불가능할 것이다. 살충제를 먹고 맛이 가는 것은 우리 인간들뿐.

생각해보면 뉴욕도 많이 변했다. 911테러로부터도, 2008 금융위기로부터도 아주 멀리 왔다. 내 발칙한 첫사랑 피오나 애플로부터, 또 어퍼이스트사이드의 꽉 막힌 변태 우디 앨런으로부터, 심지어 LVMH의 사랑스러운 정부 섹스앤더시티로부터도 아주 멀리 왔다. 무슨 말인가 하면 뉴욕에서는 더 이상 아무 일도 일어나지 않는다는 말이다. 수족관의 피라냐 물고기 떼를 본 적 있는가? 그 사나운 면상의, 매혹적으로 반짝거리는 물고기들은 마비된 듯 정지된 듯 뻣뻣하게 떠 있다. 피라냐적 진공 상태. 그것은 뉴욕에 대한 적절한 묘사다. 아무 일도 일어나지 않는다. 희생자들은 잘 처리되었다. (밀레니얼들은 디지털 캡슐에서 성공적으로 배양에 성공, 흑인들은 모조리 감옥에서 썩고 있다.) 아무도 이 도시의 미심쩍은 정지 상태에 대해 말하지 않는다. 여전히 이 도시에 대해서 뭔가 말하고 있는 개자식들이 있다면 그건 죄다 영국인들이다.

즉, 나는 뉴욕에서 영국인들의 환청을 듣는다.

데이비드 보위,
브루클린 로스팅 컴퍼니,
데이먼 알반,
트레이더 조,
믹 재거,
휘트니 뮤지엄 오브 아메리칸 아트,
리처드 애슈크로프트,
컨테이너 스토어,

하!

This city is soㅐㅐㅐㅐㅐo dope!!!

이 미친 이야기는 이렇게 시작한다. 뉴욕은 지루하다. 정말이지 깜깜하도록 지루한 도시. 3.5마일가량 불안정한 산책을 마친 뒤, 비 오는 센트럴파크에서 살짝 울고, 지하철, 선라이즈 슈퍼마켓에 들러 장난감 같은 스시박스를 사서 5달러어치 우버 이동, 마침내 집으로 돌아가 평화로운 무드에 푹 잠길 수 있다면 정말이지 좋을 텐데… (하지만 모든 것은 개꿈에 불과함.)

미국의 평화 1

우리, (…) 시민들은 각성해야 한다! 왜냐고? 그야 당연히 미국의 평화를 위하여! 하지만 대관절 미국의 평화란 무엇인가? 미국 안에서의 평화? 미국이 창조해낸 평화? 지극히 미국적인 평화? 아하, 그것이라면, 약간 좀 알지도 모르겠다. 나와 나를 향해 발사된 총알 사이의 간극, 그 짧은 시차, 즉 총알이 발사된 순간에서 그것이 내 살갗에 박히는 순간 사이 찰나의 진공 상태. 그것이 지극히 미국적인, 진짜 미국인들의 미국을 위한 평화가 아닐까?

(짧은 침묵…)

미국인들이여 깨어날지어다!
미국인이 아닌 자들 또한 마찬가지. 벌떡 깨어나야 한다. 무엇으로부터?

그야 물론 나태한 (비非미적) 평화로부터!

미국적 평화의 바깥은 죽음뿐!

죽음을 구걸하는 무식한 놈들은 무시하자, 왜냐하면, 왜냐하면, (근데 솔직히)

This city is soooooooo dope! Can't help laughing!

하하하하하하하하하하하하하하하하하하하하멈출하하수가하하하없하하하하하하

하하하하하하하하하하하하하하하하하

하하하하하하하지루하다…

하하

하

이 도시는 빌어먹을, 하하 너무나도 평화롭다, 발사!

Fire! Fire!

하하!

FIRE!

하하하하하하하하하하하하하하….

하하하하하하하하하하하하하하….

미국의 평화 2

산책은 뇌신경을 활성화시킨다. 심장의 펌프질을 빠르게 하여 저기 보이는 산들바람에 흔들리는 너도밤나무! 화사한 봄의 정령 튤립! 오 선명한 터콰이즈색 하늘! 티파니블루! 진 달래색 벚꽃은! 시세이도 핑크!

You're a superstar. 하지만 난 오늘도 몹시 지루하다.
You're a fucking asshole. but 아무 차이도 없다. 나는 오늘도 끔찍한 권태감에 온몸을 벅벅 긁고 싶을 뿐.

땡땡하게 부어오른 발목을 치료하기 위해 점심 때 들른 병원의 비욘세 닮은 의사 선생님께서는 나의 고해성사를 들은 뒤 발가락을 살짝 움직여보라고 하셨다. 까치발을 서보라고 했고, 다시 허리를 좌우로 비틀어보게 했고, 직접 서너 가지 스트레칭 동작들을 체조 선수처럼 근사하게 선보이셨다. 땡큐땡큐소머치 와중에 깨달은 것은, 아 글쎄, 정신과에 간다는 것이 정형외과에 온 것이 아닌가!

닥터 비욘세에 따르면 나는 뇌가 아니라 아킬레스건을 다친 것이라고 한다. 그건 썩 나쁘지 않은 위안이었다. 뉴욕에서는 항상 이런 식이다. 완전히 엉뚱한 데 도달하고 만다. 하지만 언제나 결과는 좋다는 점에서 럭키. 나는 나의 왼쪽

골반에 대한 엄청난 진실을 알게 되었고, 꽃다발처럼 향기로운 간호사의 지시에 따라서, 산만한 뉴욕 거리에 버려졌고, 다시, 약간의 혼란 속을 헤매다가 오늘은 너무나도 피곤하므로 내일 재활의학과를 알아보기로 결심했다.

미국의 평화 3

　결론은 간단하다. 나는 오늘도 살아남았다. 완전히 돌았을지라도 여전히 살아 숨쉬고 있다. 컴컴한 지하철역의 눈 밝은 쥐 선생들처럼! 생존의 대가가 얼마나 무자비하든 기꺼이 받아들이기로 했다. 기꺼이, 겸허하게, 이른 새벽 유니언스퀘어파크 앞 버스 정류장의 근면한 바퀴벌레 선생들처럼, 나는 어엿한 성인으로서 생존의 타락적 일면을 감수하는 바이다. 나의 목표는 주어진 일상의 매 순간을 근사하게 살아가는 것뿐, 몰락한 귀족양반들처럼… 그러기 위해 요즈음의 나는 죄다 늙어빠진 노래들을 듣고 싹 죽어버린 책들만 외운다. 더 이상 어떤 유행도 나를 유혹하지 못한다. 무뎌지고, 점점 지루해진다. 피라냐의 허기진 오후처럼 고상한, 아아, 나의 고질적 무감함, 싸늘하게 식어버린 도덕관념에 기생하여 증가하는 핀트 나간 광증, 헐거운 망상, 그런 것들이 만나고 또 화합하여 아무런 사건도 일어나지 않는 이 도시란 대체…

*

Dear Doc,

선생님, 어느 좌절한 겨울밤, 호텔방 서랍에서 불교 경전을 발견했습니다. 그 책에서는 우리의 세계를 불타는 집에 비유하였습니다. 활활 타오르는 하나의 집. 앙상하게 타들어간 채로 신기하게도 버티고 서서 새빨간 불길을 뿜는 집. 절대로 꺼지지 않는 불길 속 겨우 형체를 유지하고 있는 이상한 집 한 채. 그것은 진부한 표현일지도 모르지만 어쩌면 그래서 저의 마음을 사로잡았습니다. 그렇습니다. 이 세상은 불타는 집이고, 우리 인간들은 정신이 팔려서 그 사실을 깨닫지 못한 채 영원히 고통받을 운명인 것입니다. 저는 감동했습니다. 그렇게 저는 불교에 귀의하려는 것이었을까요?

물론 예상하신 바대로 저는 불교에 귀의하는 대신 랭보의 책을 펴들었습니다. 빌어먹을 악습인 것이죠. 〈지옥에서 보낸 한 철〉, 보들보들하던 어린 천재가 19세기 파리라는 지상 최고의 속세, 최신식으로 화려하게 불타오르는 오래된 집에서 겪은 환멸과 좌절을 적어내려간 그 대담한 산문시는 의기소침해진 도시인에게 차선의 위안이었습니다.

이 예민한 프랑스 꼬마는 악마적인 서구 문명을 늪에 비유하더군요. 한번 발을 집어넣으면 빠져나갈 수 없는, 점점 더 빠져들게만 되는 끔찍한, 뭔지 아시죠?

같은 시기 쓰인 미완성작 《일뤼미나시옹Les Illuminations》에서 그는 절망을 멈추고 흑마법사로 재탄생하게 됩니다. 자신을 좌절케 한 그 사악한 늪에 불을 놓기 위해서 말이죠. 〈지옥에서 보낸 한 철〉을 가득 채우고 있던 분노와 환멸은 《일뤼미나시옹》에서 알록달록한 불을 내뿜는 환각적인 이미지들로 탈바꿈하였습니다. 모든 것을 집어삼키는 화염의 영롱한 아름다움이라고나 할까요? 절망과 분노를 응축하여 세상에서 가장 빛나는 보석으로 재탄생시킨 랭보의 재능은 말 그대로 악마적입니다. 그는 그 악마의 시를 끝내 완성하지 않고, 혹은 완성하지 못하고 절필하였습니다.

선생님, 불타오르는 지옥은 막연한 편견—끔찍하고 두려워서 모두 도망치고 말 것이다—과 달리 특유의 기이한 아름다움으로 사람들을 매혹합니다. 그 아름다움에 이끌려 수많은 사람들이 코앞의 천국을 포기하게 되죠. 그러니 지옥에 갇힌 자들은 무한한 고통 속에서도 넋을 잃게 만드는 아름다움을 포기하지 못하는 최고의 탐미주의자들인지도 모르겠습니다. 결과적으로 랭보의 악마적 비전은 살벌한 도시 문명 속에서 고통의 매혹을, 혹은 매혹의 고통을 도무지 포기할 수 없는 저주받은 도시인들의 운명에 대한 악의에 찬

예언이 되고 말았습니다.

그렇습니다. 랭보는 지옥에서 오직 한 철을 보냈습니다. 그리고 그곳에 커다란 불을 지르고 떠났습니다.

이후 그는 떠돌이 인생을 살다가 객사했죠. 행운아라고 할 수 있겠네요. 하지만 그와 달리 평범한 인간들은 도시에 못 박힌 채 떠나지 못합니다. 단 한순간조차 말이죠. 저도, 선생님도 그 무리의 일부라 하겠습니다. 무슨 이야기인지 이해가 되시죠?

보이시나요, 선생님? 바깥은 넘실대는 화염으로 가득한 늪의 형상을 하고 있군요. 화사하게 타오르는 신비의 늪 속으로 떼 지어 춤추며 빨려 들어가는 정신 나간 빨간 구두 아가씨들은 다름 아닌 우리 도시의 평범한 소시민들이고요.

이것은 저의 타락한 망상에 불과한가요, 선생님?

저는 그저 불타는 늪의 꿈을 꾸고 있는 것일까요? 세상이 불타고 있다고 주장하는 저는 그저 광인에 불과한 것일까요? 모두가 승리를 위해, 승리를 향해, 승리와 함께 전진하는 이 완벽한 도시에서 그저 실패를 거듭하는 루저일 뿐인 것일까요?

선생님의 고견을 부탁드립니다.

어젯밤은 시를 한 수 적어보았습니다.

그것을 아래에 붙여넣기 해봅니다.

그럼 건강하시고요.

*

바깥은 불타는 늪
(그리고 나는 그것의 거울)
바깥은 부러진 거울
(그리고 나는 그것의 반영)
나는 오직 (모든 것에 대한) 뒤늦고, 게으른, 비겁한, 야만
의 반영
바깥은 불타는 늪
그것은 꿈같이 맑은 나의 거울이 빚어낸 환각이자, 거울
속 나의 티 없는 수억만 개의 분신…

*

불타는 늪의 환영, 검게 타버린 잿더미의 미래가 머리
한구석에 찰싹 들러붙어 도무지 떼어낼 수 없다. "여전히 같
은 꿈속에 들어 있다." 몇 년 전 나는 한 책을 그렇게 마무리

했다. 이제는 생각이 바뀌었느냐고? 아니, 그저 궁금할 뿐이다. 과연 그 꿈은 무엇이었을까? 불타는 집의 꿈? 불타는 집의 꿈을 나는 여전히 꾸고 있는 것일까, 혹은 나는 정말로 불타는 집에 놓여 있는 것일까? 불타는 집에서 나는 꿈을 꾸는 것일까? 혹은 그저 꿈속의 내가 불타는 집에 들어 있는 것일까? 불타는 집의 꿈을 꾸는 나는 과연 그 꿈에서 깨어날 수 있을까? 불타는 집 속의 나의 꿈속의 나는 사실은, 진정한 진실은, 사방이 하얗고 부드러운, 창문이 없는 방에 들어 있는 것이 아닐까? 한마디로 나는 그저 돌아버린 것은 아닐까? 긴긴 시간을 정신병원 독방에서 소모하고 있는 것이 아닐까? 그러니 여기, 느긋하고 태평스러운 사람들의 동네라고 구글이 설명하는 맨해튼의 알파벳시티 한복판에 신도시풍으로 꾸며진 스타벅스는 진정한, 최고의, 그럴듯한, 위장 요양소, 정신병자들을 위한 글로벌 셸터가 아닐까?

세상이 불타고 있다고 주장하는 나는 불교 신자가 아니므로, 어떤 종교도 믿지 않으므로, 앞으로도 어떤 종교에도 투신할 계획이 없으므로, 그저 광인에 불과하다. 모두가, 모든 것이 빠짐없이, 매일 계속되는 승리 속에 전진하고 있는 이 도시에서 파산을 거듭하고 있는 하찮은 실패자에 불과하다. 대체 이런 하찮은 광인의 이야기를 세상에 내놔도 되는 것일까? 솔직히 전혀 모르겠다. 믿을 것은 저기, 사람 좋게 웃으며 다가오고 계신 권능하신 의사 선생뿐. 그가 모든 것을 지혜롭게 판단 내려주실 것이라 믿는다.

도서관 실패기

도서관을 사랑할 수는 없다. 당연하다. 도대체 어떤 제정신인 양반이 도서관에 애정을 쏟는단 말인가? 주식시장에 도서관 지수 같은 것은 존재하지도 않는다. 그러니 어떻게? 정말이지 오리무중이다. 미국 국립문서기록관리청과 사랑에 빠진 대학원생들이 죄다 돌아버렸다는 것쯤은 나 같은 얼치기도 잘 알고 있는 바이다.

그러니까 비극은 맨해튼에 불시착한 지 얼마 안 된 내가 글을 쓸 장소로 도서관을 선택하면서 시작되었다. 모든 비극은 그렇게 사소하게, 하지만 제삼자가 봤을 때 덜컥 어머나, 어쩌다가 쟤는? 하고 생각하게 만드는 선명한 오류로부터 발생한다. 어머나 어떻게 그런 남자를, 어머나 어떻게 그 따위 옷을, 어머나 세상에 어떻게 그런 집에 들어가 살 생각을…?

물론 현실에서 이 경악의 '어머나'는 슬그머니 감추어진다. 아무도 사랑하는 친구 앞에서 대놓고 놀라지 않는다. 적어도 교양 시민이라면 가능한 한 복잡하고 우회적이고 교묘한 방식으로 타인의 실수에 대한 걱정의 마음을 표시하고, 당연히 우리의 주인공은 그 메시지를 눈치채지 못하고, 비극은 깊어가며, 그 수많은 '어머나'들의, 애정 어린 한숨의 행방은…

결론적으로 그간 내가 상상 속의 도서관을 찾아 헤매며 소모해버린 나의 무릎관절, 발목인대, 아킬레스건, 보드랍던 발바닥 살을 생각하면 속상할 뿐이다. 왜 하필 도서관귀신이 나에게 달라붙었단 말인가? 애시당초 도서관이 글쓰기와 무슨 관련이 있는가. 왜 도서관에서 글을 써야 한단 말인가?

세상에 그런 법칙이 있는가?

없다.

그런데 왜? 조용한 곳이 좋다? 하지만 과연 도서관이 조용하기는 한가?

도서관에 대해서라면 나는 좀 더 자책해야 한다. 더 많은 셀프 고문을 실행해야 한다. 하여, 나의 아무런 교훈도 희망도 없는 뉴욕 도서관 실패기를 아래에 적어본다.

뉴욕공립도서관

맨해튼 미드타운에서 가장 유명한 도서관은 브라이언트

파크와 맞닿아 있는 뉴욕공립도서관이다. 이 거대한 도서관은 너무너무너무너무너무 유명해서 도서관보다는 관광지에 가깝다. 아니, 도서관 모양으로 생긴 관광지가 맞다. 하여 이곳에 여전히 책을 읽고, 공부를 하고, 글을 쓰러 오는 사람이 있다는 것은 정말이지 놀라운, 기적의 대실현과 같은 일이다! 이곳에서 글을 쓰는 일이 더 미친 짓일까 그랜드센트럴 역 한복판에서 명상을 하는 일이 더 미친 짓일까 생각해보면 간단하게 답이 나온다.

그리고 하하, 나는 그 미친 짓을 했다, 그것도 여러 번. 사람들로 꽉 찬, (이론상) 조용한 리딩룸에서 글을 고치고 있으면, 살금살금 관광객들이 들어와서 찰칵찰칵 사진을 찍어대는 것에 대해서 우리 진지한 도서관 이용객은 놀라운 인내심으로 참아낸다. (그것도 일종의 도서관 활동인 걸까?) 도서관 이용자들은 도서관의 이용자라기보다는, 이 뉴욕공립도서관이라는 근사한 관광지에서 근무하는 엑스트라에 가깝다. 물론 아무도 엑스트라들에게 돈을 지불하지 않는다. 이런 것이 재능기부라는 거겠지? 화를 내는 것이 아닙니다. 자유의 나라에서 모든 행위는 자발적이니까. 마치 우리의 멋진 인터넷 세상이 무료인 것처럼, 모든 것은 공짜, 원하는 것을 네 맘대로 행할 수 있는 이 멋진 세계에 화를 내서는 안 된다는 사실을 잘 알고 있다. 불평할 시간에 밖에 펼쳐진 뽀송뽀송 근사한 브라이언트파크로 도망치는 것이 현명함.

(일단 블루보틀의 아이스라테를 손에 들고) 그럴싸한 책 한 권 (J. D. 샐린저의 《아홉 가지 이야기》), 길 건너 홀푸드에서 산 과일샐러드 하나(12.99달러), 에이치엔엠의 하늘하늘한 파시미나(재생 폴리에스테르 100퍼센트)를 에코백(스트랜드 책방의 로고가 찍힌)에서 꺼내 그늘 한 점 없는 초록빛 잔디 한 귀퉁이에 자리를 잡는다.

결론: 지금 나는 어떤 각도에서 사진에 찍혀도 완벽하다.

도심 속 오아시스, 짙어가는 카페인, 대략 석 줄 정도만 훑다 내려놓은 책에 머리를 기댄 채 핸드폰을 들어 세포라 웹사이트에 접속해본다. 새로 나온 헤어컨디셔너에 대한 리뷰 쉰 개를 모조리 읽는 사이 속절없이 사라지는 시간 속 문득, 내가 글을 고치러 도서관에 왔다는 사실을 깨닫는다. 물론 그 사실에 대해 더 이상 내가 할 수 있는 것은 없다.

나무 그늘 아래 장기를 두는 늙은이들. 꺅꺅대는 놀이터 애새끼들, 손을 잡은 채 커다란 나무 그늘 속을 통과하는 연인들. 우리 모두의 손에 들린 스마트폰. 이 충만한 전자파의 향연… 젠장 이 손바닥만 한 공원은 인간들의 밀도가 너무 높다. 가득 찬 인간들이 내뿜는 나르시즘적 살기로 터질 듯한 이 공원은 정말이지 책과 관련된 행위를 하기에 적당한 장소는 아닌 듯싶다.

돌아보면 나는 글을 고칠 수도 책을 읽을 수도 없는 이 거대한 도서관 테마파크에서 완전히 길을 잃고 말았다. 그것도 여러 번, 똑같은 결론에서 아무런 교훈도 얻지 못한 채, 싱겁기만 한 멜론 조각을 입에 쑤셔 넣으며 그래도 건강을 잃지 않고 있다는 느낌에 안도할 뿐.

시인의 집

물론 나는 뉴욕공립도서관이 준 간단한 교훈을 무시했다. 새로운 도서관에 대한 희망을 놓지 않았던 것이다. 어딘가에 이상적인 도서관, 참다운 도서관의 이데아가 있을 거야, 이 멋진 맨해튼 어디엔가… 그곳이 왜 하필 트라이베카여야 하는지 지금도 알 수 없다. 나는 왜 매일 아침 지하철로 삼십 분, 다시 십오 분을 걸어 트라이베카 맨 귀퉁이에 있는 시인의 집Poets House으로 향하는 형벌을 수행한 걸까?

세상에 도서관만큼 시끄러운 곳은 없다지만, 또 반대로 몹시 조용한 도서관만큼 거북한 곳 또한 없다. 조용한 도서관의 이용객들은 끊임없이 소음을 찾아 헤맨다. 아주 작은, 사소한, 거의 들리지도 않는 그런 작은 소리까지 찾고 또 찾아 저주하고 또 저주한다. 특히 방금 입장한 인간이 내는 필연적인 소음에 대한 광폭한 분노를 마주할 때면… 됐슈, 많이 먹었구먼유 대꾸하고 싶지만 어쨌든 나는 언제 출판될지도 모호한, 이게 책인지 아닌지도 아리송한, 혼란의 원고 더미를 어떻게든 손봐야 했다. 엄청나게 심각한 침묵 속에 빠져 있는 오래된 IBM 노트북 앞의 거대한 남자 앞에 앉아서 말이다.

나는 차마 눈치가 보여서 볼펜을 손에 쥘 수도 없다.

이 심각한 남자는 시인인가?

벽에 꽂힌 처연한 시집들 가운데 하나(윌리스 스티븐스)를 뽑아 굉장히 푹신해 보이는 잘 익은 홍시 색깔의 소파에 앉아본다.

전혀 푹신하지 않다. 재빨리 일어선다. 자리로 돌아와 다시 한번 심각한 남자의 심각함을 공유해본다.

방금 들어온 파란 머리 여자 또한 시인인가? 아니 좀 더, 아트 크리틱으로 보임.

그 여자는 재빨리 어딘가로 사라져버렸다.

그리고 십오 분가량, 짧고도 기적적인 집중의 시간이 흘러간 뒤, 기진맥진해진 나는 쉐이크쉑의 버섯버거를 먹기로 결정하고 거북한 침묵으로 가득한 시인의 집에서 도망쳐 나왔다.

소호

트라이베카의 멋진 점은 걸어서 소호까지 갈 수 있다는 점이다. 갈색 벽돌 건물들로 채워진 오래된 돌길을 따라 잘 차려 입은 커플들, 작고 반짝거리는 갤러리 따위를 구경하며 쑥쑥 걸어 올라가면 다운타운의 사랑둥이 동네 소호가 나타난다. 왜 소호가 사랑스러운가 하면, 소호는 뭐랄까, 패션 잡지를 한 장 한 장 찢어 만든 동네 같기 때문이다. 물론 뉴욕 전체가 그렇게 패션 잡지로 지은 도시라는 것은 분명하지만, 소호는 그 가운데에서도 우수에 젖은 클라이맥스, 즉 보르헤스풍의 하이라이트를 담고 있는 동네라고 할 수 있다. 여기, 혹은 저기 눈을 돌리면 멋들어진 건물의 옥상, 혹은 테라스에서 진행되고 있는 포토슛. 완벽한 몸매의 여자가 치렁치렁한 머리를 늘어뜨린 채 이렇게 저렇게 몸을 돌리고 다리를 뻗고 어깨를 젖히는 장면의 일상적인 무드. 그리고 풍성한 나무들 사이로 몸을 숨긴 고급 브랜드의 간판들, 전혀 뽐내지 않는, 하지만 누군가에게는 한없는 존경심을 품게 만드는 그 대단한 겸손의 자세. 지상 최고의 겸손 전시장을 가득 메운 전 세계에서 모여든 겸손의 대가들, 최강의 겸손 사기꾼들, 겸손의 무형문화재와 겸손의 로마노프 왕족들의 틈에서 어떤 식의 새로운 디지털 도 닦기가 가능할지 잠시 고민해보려던 나는… 하지만 여전히 도서관 귀신에 사로잡힌 나는 그 모든 최신 명상의 소재들을 단호히 무시하고 멀버리도서관으로 향하기로 결정 내리고 마는 것이다. 빌어먹을 도서관의 유령!

어느새 거리에 빼곡히 들어찬 관광객들을 이리저리 피해서 도서관이 위치한 골목으로 들어선 나는 이미 잔뜩 지쳐버렸다. 아아 내가 왜 여기 와 있는지 모르겠군. 나는 도서관 극기 훈련을 하고 있는 걸까?

놀랍게도 도서관 1층 로비를 가득 채운 인간들은 책을 읽고 있었다. 그렇구나, 도서관은 사람들이 책을 읽는 장소가 맞군. 그렇다면 나는 아이폰을 꺼내 저 용감한 독서가들을 찍어야… 학구파 학생, 지적인 소시민, 학자풍의 중년 여성과 남성들, 이런 유형의 사람들을 나는 최근 마주친 기억이 없다. 그것은 아마도 내가 학교에 다니지 않는데다가 시간 나면 트럼프타워 앞이나 얼쩡거리기 때문이겠지? 어쨌든 나는 흥분하여 생각했다. 이곳에서는 글을 고치는 것이 가능할 수도 있겠다고. 객기가 지나쳐 4인용 탁자 전체를 차지하고 앉은 나는 기념비적으로 평화롭고 생산적인 한 시간을 보낸 뒤, 2층 어린이 도서관에서 들려오는 아기 울음소리에 자리를 떠났다.

컬럼비아 대학교 도서관, 아니 조커피

한편 어퍼이스트사이드는 꿈의 업타운이다. 성공적인 결혼, 토끼 같은 자식, 창창한 커리어로 이루어진 젊은 부부들을 위한 파라다이스. 사방이 유모차로 가득하다. 유모차 속 아이들은 하나같이 꽉 깨물어주고 싶게 귀엽다. 그리고 유모차는 도서관에서 자주 발견된다. 아직 징징댈 줄밖에 모르는 아가들이 책에 무슨 볼일이 있을까 싶지만, 그들의 보호자들을 보호하기 위한 작전이겠지? 하지만 왜 하필 도서관에서? 모르겠지만 뉴욕의 공공도서관들은 징징대는 아이들과 피곤한 어머니들을 위한 장소로서의 역할에 충실하다. 이렇든 저렇든 도서관은 글을 쓰기 위한 장소는 분명히 아니다. 이 단순한 사실을 깨닫는 데 얼마나 많은 시행 착오가 필요했고, 또 필요한 걸까.

어퍼웨스트사이드에서 가장 좋은 도서관은 물론 컬럼비아 대학교 도서관이다. 하지만 나는 컬럼비아 대학교 학생이 아니므로 이용할 수가 없다. 하여 대안으로 조커피의 커다란 매장이 있는, 언제나 찬란한 햇살로 가득한, 컬럼비아 대학교 부속 건물으로 들어서게 되는데…

비교적 최근 지어진 커다란 투명 건물 속에 들어선 그 널찍한 커피숍은 한가할 틈이 없다. 지나치게 밝은 실내에서 카페인에 민감해진 인간들은 서로가 서로를 지나치게 신경

쓴다. 신경과민은 피해망상을 향한 급행열차. 아니 적어도 인간을 산만하게 만든다. 당신이 자폐증, 아스퍼거 혹은 사이코패스가 아니라면 이런 환경에서 집중한다는 것은 불가능하다. 즉, 나는 지금 내 손에 들린 이 원고 뭉치가 뭔지, 전혀 알 수가 없게 되어버린다. 이 살벌한 동부의 햇살과 카페인의 조합 아래에서는 모든 것이 모래성처럼 무너져 내리고 만다. 가까스로 나의 생각이 도달한 곳은, 아니 지금 이 순간 떠오르는 오직 말이 되는 생각은, 당장 뛰쳐나가 돈까스덮밥이나 먹었으면!

삼십 분 후…

돈까스덮밥을 먹고 있다.

다시 삼십 분 후…

스타벅스에 앉아 글을 고치기 시작한 나. (꽤 만족스러움.)

그리고 다음 날, 이번에는 미드타운에 있는 과학 도서관으로 향하는 나… (스스로의 무모함에 매 순간 깜짝 놀라며) 매일 더 큰 실패를 향해 나아간다. 더 큰 파도를 기다리는 서퍼처럼, 더 큰 공황을 기다리는 마르크시스트처럼, 더욱 큰, 말도 안 되게 대담한 도서관 실패를 향하여 용감하게 나아간다. 나아간, 나아가, 끝내 나아가…

*

나아지겠지, 나의 시시한 광기도, 언젠가.

*

　놀라운 사실은, 여기까지 적은 것을 포함한 뉴욕의 각종 도서관을 거쳐서 한 권의 책을 완성하였다는 것이다. 그리고 그에 대한 놀랍지 않은 사실은, 그 책이 여전히 출간되지 못하고 있다는 것이다.

　나의 도서관 실패기 끝.

도시는 나의 것

뉴욕에서 동네들의 문제는 민감하다. 물론 철저하게 관념적이다.

— 첼시에 사는 채식주의자 A씨는 오바마 전 대통령이 어퍼이스트사이드에 집을 사들였다는 사실에 분노했다.

— 영화감독 소피아 코폴라는 웨스트빌리지에 산다.

— 클로이 세비니는 오랜 둥지 이스트빌리지를 떠나며 동네가 대학교 기숙사촌이 되어버렸다는 사실에 격분했다.

— 기타 등등 복잡한 뉴욕 동네 법칙에 의하면 '자유로운 아시안 여류 소설가'인 나는 파크슬로프에 살아야 한다.

고작 석 달 남짓 윌리엄스버그에 지내면서 성격 이상한

뉴요커들의 줄기찬 코멘트에 시달렸다. 정말이지 비싼 곳에 지내시는군요! 그야 물론, 윌리엄스버그는 더럽게 비쌌다. 나의 짧다면 짧고 길다면 길었던 카드 빚의 역사, 자산종결자, 리볼빙서비스의 놀라운 혜택과 사악한 형벌은 바로 그곳에서 시작되었다. 하지만 대체 뉴욕에서 저렴한 곳이 있기는 한가? 뉴욕은 골고루 비싸며, 사실을 말하자면 보헤미안적 명성을 지닌 다운타운이나 브루클린보다 젠체하는 이미지의 어퍼이스트사이드나 어퍼웨스트사이드의 아파트가 훨씬 저렴하다. 하지만 많은 젊은이들이 더럽고 냄새나는 다운타운 게토와 백인 파시스트 서버브가 되어버린 브루클린을 헤매고 다니는 것은 싱싱한 젊은이가 저 어퍼… 라는 접두사가 붙은 장소를 발설하는 순간 모두가 비웃기 때문이다.

— Where do you live in New York?
— Upper…

즉시 그 혹은 그녀의 얼굴이 일그러지고 그 장면을 눈치채지 못하는 것은 불가능하다. 그녀 혹은 그는 일그러짐을 절대로 숨기지 않는다. 오히려 뽐내듯 훈계하듯 펼쳐지는 일련의 뉴요커식 얼굴 근육 묘기 앞에서 초라한 기분이 되지 않는 것은 정말이지 불가능하다. 드라마틱하게 찌그러지는 입매, 툭 끊기는 대화, 애써 숨기려는 척 그런 척 숨길 생각 전혀 없는 노골적인 비웃음의 파노라마가 내 눈앞에서, 그것도 단지 나의 주거 구역 덕분에 펼쳐지는 것을 바라보는 건 고통이다.

뭘 어쩌자는 걸까, 나랑 싸우고 싶은 걸까? (하지만 그녀가 총을 꺼낼지도 모르니 관둬야지.)

— Yeah, I know…

나에게는 적당히 창의적인 변명이 필요하다. 하지만 제일 스마트한 전략은 변명을 건너뛰고 무지막지하게 저 어퍼… 뭔가를 욕하기 시작하는 것이다. 미치광이 유부녀들, 사이코패스인 그녀들의 남편, 교육이라는 이름의 고급 학대를 당하는 아동들의 실태… 그 모든 문제의 시작은 물론 경쟁심 넘치는 아시안 문화의 침투로서, 동아시아의 전체주의적 문화에 대한 짤막한 개괄, 처참했던 산업화와 무력했던 민중, 악몽의 원자력발전소, 동굴을 빼앗긴 박쥐들, 북극곰, 으으 중국… 하지만 구겐하임은 좋은 미술관이라고 생각해!

빙고.

나는 오늘도 까다로운 뉴요커의 얼굴 잔근육을 진정시키는데 성공했다.

하지만 솔직히, 뭘 하고 있는 걸까?

토플 말하기 시험 만점을 받고 싶은 걸까?

몇 번의 가상 영어 말하기 시험을 아슬아슬하게 통과한 뒤로 나는 무엇보다 살아남기 위해서 다운타운으로 향해야 한다고 결론 내렸다.

그런데 이사에 앞서 새로운 문제가 발생한다. 왜냐하면 뉴욕에서 진짜 심각한 갈등은 남북 갈등이 아닌 동서 갈등이기 때문이다. 당신이 돈 많은 악당의 부하로 보이고 싶지 않다면 서쪽은 피해야 한다. (물론 왜 돈 많은 악당의 부하로 보이면 안 되는지는 잘 모르겠지만) 한편 소호는 괜찮은 선택이다. 그곳에서라면 당신은 돈 많은 악당의 (부하 대신) 자식들로 보일 것이기 때문이다. 사람들은 금수저 2세를 좋아한다. 왜냐하면 그들은 사랑스러운데다가 아주 시원시원한 태도로 사립학교 냄새를 풍기며 돈을 쓸 테니까 말이다. 하지만 당신이 그런 2세 연기에 확신이 없다면 절대로 The great wall of China, 아니 차이나타운을 경계로 동쪽에 남아 있어야 한다. (물론 이스트빌리지에서 나는 이 모든 가설이 개소리에 불과하다는 것을 깨달았다.)

그런데 사실, 솔직히 말하자면, 뉴욕에서 어디에 살든 아무 상관없다. 왜냐하면 위의 가설이 헛소리라서가 아니라, 갑자기 엉뚱하게 느껴질지도 모르는데 쉿, 당신에게만 털어놓는 비밀, 그것은 바로 내가 이 도시를 접수했기 때문이다. 아무도 믿지 않을 것이 분명하지만, 그리고 옳다, 정신병자의 말을 듣지 않는 것은. 하지만 이 도시는 나의 소유다. 블룸버그의 것도, 록펠러 일가의 것도 아니다. 바로 나의 것이다. 정확한 날짜는 기억나지 않지만 아무튼 내가 점령했다. 한 인간의 무모한 광기와 망상이 마침내 도시 하나를 집어삼킨 것이다!

그 잔혹하고 우아했던 정복의 역사를 짧게 적어 내려보자면, 2007년, 웅장했던 첫 발자국, 닐 암스트롱의 첫 번째 달 발자국을 닮은 다운타운 뉴욕에 대한 나의 첫 번째 인상은 약간 아메리칸어패럴 스타일이었다.

다시 오 년 뒤, 전략(적) (대)실패로서의, 천국이라는 거짓말로 가득했던 윌리엄스버그의 소심한 사기꾼 시절.

(나를 취하게 한 것이 캘리포니아산 보드카였던가, 아니면 쿠바산 시가였던가?)

그리고 불길했던 2013년, 가을의 끝을 잡고 부산하게 미드타운을 쏘다녔던 추억의 내부는 최악이었다. 허세로 가득했던 나의 권태로운 문장들. 낭만은 1도 없는 FANG* 시대의 사랑. 분명한 것은 나는 나만의 예나-아우어슈테트 전투에서 점진적인 승기를 이어나갔다는 것이다. 나, 관념의 나폴레옹은 절대 질 수 없다. 왜냐하면 원대하게 미쳤기 때문이다.

즉, 내 사전에 현실이란 단어는 없다.

나의 친애하는 동지, 아메리칸어패럴 또한 죽었다. 위대한 승리에는 희생이 따르는 법. 그 알록달록한 시체는 조지워싱턴 다리에서 점프해서 사라졌다.

그러나 나는 살아남았다. 착란으로 가득한 밀레니얼 세대의 (정신)승리법. 아니 정신 나간 생존법.

왔노라,

보았노라,

미쳤노라.

통통하게 부어오른 양쪽 아킬레스건은 별것 아닌 상처였다. 나는 위대한 광기의 영토를 손에 넣었으므로.

그렇게 뉴욕은 나의 노예가 되었고…

나와 뉴욕, 뉴욕과 나, 다시 나와 뉴욕과 우리들 양자 간의 다정한 계약서는 제인 오스틴 소설의 대사들처럼 사악하

✱　CNBC의 주식 방송 〈매드머니〉의 진행자 짐 크레이머가 페이스북Facebook, 아마존Amazon, 넷플릭스Netflx, 구글Google의 앞 글자를 묶어서 만들어낸 조어.

고 위트 있게 완벽했다. 즉, 나는 나의 영혼 가운데 가장 좋은 부분을 이 딱딱한 섬에 바치는 대가로 그 악몽 같은 섬의 소유권을 이전받았다.

이제 나는 《어린 왕자》 속 중절모 모양의 보아 뱀처럼, 이 길쭉한 도시를 통째로 집어삼킨 채 못생긴 고구마 모양으로 뚱뚱해져 겨울잠에 들려한다.

C'est une patate douce?고구마인가요?

Non, c'est New York!아뇨, 뉴욕이랍니다!

C'est magnifique!대단하군요!

Absolument!물론이죠!

첫 번째 영토 LES(Lower East Side)

쥐, 바퀴벌레 그리고 마약쟁이들이 차이나타운과 사이좋게 등을 맞대고 있던 그 역겨운 동네는 힙스터 대운동회를 거쳐 밀레니얼들을 불태우는 가성비 떨어지는 라이프스타일 소각장이 되었다. 반짝반짝한 유기농 슈퍼마켓(유니언마켓)과 근엄한 아트시네마(메트로그래프)와 여전히 사랑받는 동네 주민들의 자랑 팬케이크 가게(클린턴 스트리트 베이킹 컴퍼니)가 버티고 서 있기는 하지만 그 유혹적인 표정에 속아서는 안 된다. 여전히 그곳의 주인은 쥐, 바퀴벌레 그리고 속절없는 마약쟁이들이다.

영 보이지가 않는다고?

베테랑 아파트 관리자에 따르면 쓰레기봉투를 상대할 때는 조심해야 한다. 가득 찬 주사기에 손바닥을 찔리기 싫다면 말이다. 즉, 요새 뉴욕 다운타운의 정키들은 더러운 차림새로 수상한 공원을 서성이는 대신 유기농 비누로 세 번 샤워하고 아우슈비츠의 가스실을 닮은 고급 콘도에 처박혀 대형 티브이 속 넷플릭스 시리즈를 배경으로 팔에 주사기 바늘을 꽂아 넣는다. 취했을 때의 괴벽은 청소와 장보기, 커피 머신 공들여 닦기. (좀 더 과시적이고 싶은 기분일 때, 최고의 마약 외출 목적지였던 추억의 소호 딘앤델루카에 대해서는 뒤에 자세하게 적겠다.)

물론 LES만이 마약쟁이 소굴인 것은 아니다. 하지만 이 근사한, 앙상하고 황폐한 헤로인 시크 동네에서는 언제나 압축된 코카인 가루의 내음을 맡을 수 있다. 아니, 그것은 사실 가스실에서 불타버린 인간 뼈의 향기인가?

전리품 첼시

첼시라는 단어에 대한 패티시가 있다. 무엇보다도, 첼시가 아니라 첼시라고 한국어로 쓰이는 그 철자 규칙이 좋다. 첼시라니!

첼시.

뾰족한 이등변삼각형을 떠오르게 하는 다정한 동네.

언제나 몸을 삼각형 모양으로 만들어 위협하던 얼룩 무늬 도둑 고양이의 추억일까, 혹은 뻔질나게 드나들던 커피숍 앞에 놓인 삼각형 모양의 공원에 대한 추억일지도 모르겠다. (뉴욕 에이즈메모리얼파크의 세인트빈센트 트라이앵글.)

하여간 첼시에 대해서 생각하면 눈물이 앞을 가린다. 아니 쥐의 가느다란 꼬리가…

나는 그 예쁜 이름의 삼각형을 몹시 사랑하였다. 여전히 그렇다. 하지만 돌아보면 나의 모든 진실된 애정은 차가운 배신으로 돌아왔다. 나의 착각과 달리 내가 이 년간 지낸 집의 주인은 내가 아닌 알뜰한 쥐 가족이었다. 나는 그들의 충실한 숙주로서 홀푸드의 에브리싱베이글, 아브라차오의 올리브 쿠키, 팽 데피스의 애플파이를 공급했다.

패닉의 마지막 한 달, 꿈처럼 단란하던 쥐 가족은 아마존에서 구입한 전기쥐덫에 차례로 감전사했다. 땅콩버터와 숙성 이탈리안 프로슈토의 조합은 저항하기 힘들었을 것이다. 미션을 완료한 영웅적인 쥐덫에서는 고소한 땅콩버터, 프로슈토의 진한 고기 냄새 그리고 타 죽은 쥐의 살가죽 냄새가 뒤섞인 끔찍한 냄새가 났다. 어떤 세척제와 소독제를 사용해도 그 냄새를 지우는 것은 불가능했다.

쥐들이 죽어나가고, 그들과 영혼의 형제임이 분명한 비둘기들이 더러운 창에 대가리를 박으며 슬퍼하기 시작했다. 혹은 나만의 환각일지도 모르겠다. 그쯤이었을까? 내가 정신이 나가기 시작한 것이?

나는 서둘러 이베이 쇼핑으로 소박한 현실도피를 시도했다. 왜냐하면 옷이 필요했기 때문이다. 왜냐하면, 첼시는 깜찍한 미키마우스 삼각형 궁전이기 이전에 진정한 도시 남녀들의 전시장, 유행의 패싸움장으로서…

첼시에서 나는 항상 옷이 필요했고, 돈이 부족했다.

옷이 부족했고, 돈이 필요했다.

이것은 프랑스혁명 이후 지속되고 있는 도시인들의 기본상태.

열흘에 한 번 한식 재료를 사기 위해 6번가를 거슬러 내려갔다가 숨을 고르기 위해 들른 커피숍의 매끈한 바닥에 신라면, 햇반과 두부, 스시벤토가 든 비닐봉투를 내려놓고 주위를 돌아보면 눈이 돌아가게 근사한 인간들. 심지어 이들은 매너조차 근사하다. 하얀 비닐봉투 사이로 삐져나온 반짝거리는 신라면 봉투에 아무런 관심을 보이지 않는다.

창 밖으로 보이는 인간들은 어찌나 쌩쌩 빠른 속도로 걷는지.

여기, 첼시 삼거리는 인간들의 고속도로.

혀가 데이도록 뜨겁고 검은 아메리카노.

스피커에서는 귀가 멍멍하도록 큰 소리로 흘러나오는 마이클 잭슨의 〈스무스 크리미널Smooth Criminal〉.

석양 속 붉게 달아오르는 나의 전리품 첼시!

달아오른 아스팔트 위를 수영복보다 더욱 벗은 차림새로 누비는 나의 전사들, 나의 노예들,

나는 그 애들의 생각을 꿰뚫고 있다.

그 애들은 옷이 필요하고, 돈이 필요하다. 옷과 돈에 굶주린 그들의 끔찍한 갈증은 커피나 마약, 근사한 섹스로도 다스려지지 않는다. 부족하다, 부족하고 또 부족하도다…

이스트빌리지 대참패

한때 그곳은 뉴욕 보헤미안들의 명성이 넘치는 곳이었다고 한다. 물론 그 시절을 직접 겪은 바 없다. 그저 전설처럼 떠도는 그림자의 그림자의 그림자에 속아 넘어가는 것은 슬픈 밀레니얼 세대의 운명이겠지.

영민한 보헤미안 뉴요커들은 오래전 이스트빌리지를 버리고 로스앤젤레스의 베니스비치로 떠났다. 그 뒤에 덩그러니 남겨진 폐허 혹은 순수한 지옥, 즉 망해버린 대학교 기숙

사로 스스로 기어들어 간 나의 선택은 정말이지 가증스럽다.

우수에 젖은 공원 앞에 자리 잡은 그 수상하게 오래된 집이 과거 마약중독자의 치료소였다는 사실을 구글 지도에서 발견한 것은, 이미 내 방에 정체불명의 귀신들이 서성이기 시작한 뒤였다.

내 경험에 의하면 귀신들은 전자파, 침침한 어둠과 축축한 (영국산) 음악 그리고 오래된 책들(특히 셰익스피어)과 사용하지 않는 빈 의자를 좋아한다. 이 가설에 의하면 내 방에 귀신이 출현하기 시작한 것은 늦은 밤, 오래된 책들로 가득한 방 한구석 침침한 (영국산) 등불 아래, 디페시 모드의 음악을 틀어놓은 채 요가를 하는 기묘한 취미를 갖기 시작하면서부터다. 구석에는 불편해서 사용하지 않게 된 원목의자가 있었다.

귀신은 그 방이 몹시 아늑하다고 느꼈을 것이 분명하다. 아마도 내가 귀신에 씌어서 귀신을 위하여 그런 식으로 방을 꾸미고 말았던 것일까? 귀신은 별 다른 나쁜 짓을 하지 않았다. 나는 그저 귀신을 보고, 느끼고, 심지어 호기심을 느끼기 시작했다. 나는 한국의 친구들에게 나의 새로운 귀신 친구에 대해 웅얼거리기 시작했고, 누구도 나의 말을 심각하게 듣지 않았다. 어머나 귀신이라니, 당장 그 집에서 빠져나와! 하고 반응하는 사람은 아무도 없었다. 상상과 달리 현실에서 한 인간의 엄청난 정신적 공황 상태는 타인에게 지루하고 쓸데없는 횡소리처럼 느껴지는 법인가보다. 상상과 달리 한 인간이 느끼는 정신적 충격의 강도가 강할수록, 그 모습은 신기할 정도로 일상적이고 소소하며 지겨운 분위기로 다가오는 것이다. (즉, 현실에서 누군가 놀라울 정도로 일상적이며 소소하고 살짝 엉뚱하지만 지루한 분위기를 풍긴다면 경계해야 한다. 그 인간은 자살하기 직전, 혹은 반대로 누군가를 살해하기 직전일 수 있다.)

운이 좋게도 나는 사태의 심각성을 깨달았고, 귀신을 집에서 쫓아내는 데 성공했다. 귀신 대신 고무나무와 스킨답서스를 친구 삼기로 결정한 것이다. 한편 귀신을 향한 절교의 사인으로서 집 안 구석구석 마늘과 히말라야산 핑크 소금을 담아놓았는데, 그러니까 누가 봐도 그 즈음의 나는 깊숙히 미친 상태였던 것이다.

창 밖으로 보이는 나무는 기이한 형상이었다. 하나의 커다란 나무가 또 다른 굵은 나무를 칭칭 감은 채로 생존해 있었다. 굵은 나무는 오래전에 죽어버린 듯.

그 건물로 이사 온 멀쩡한 애들은 모두 나처럼 정확히 삼 주 후 다양한 방식으로 미쳐가기 시작했다. 미쳐가는 애들이 주말마다 벌이는 파티는 하나같이 소소하고 지루했다.

봄이 더욱 깊어가고 저 기괴한 나무를 둘러싼 모든 건물의 인간들이 미쳐가는 듯했다. 음악은 형편없었고, 맥주 또한 거지 같았고, 마약은 가장 싸구려였다.

아파트 관리자와 마약 딜러를 구별하는 것은 점점 더 까다로워졌다.

하! 하! 하! 미쳐가는 애들은 미친 듯이 웃었다. 뭐든지 웃기는 농담으로 만들 수 있는 듯. 대단한 능력! 하하하하! 그리고 끝날 줄 모르는 파티! 하하하하! 귀먹은 노인처럼 부담스럽게 웃고 크게 떠드는 그 애들과 반대로 언젠가부터 나는 전혀 웃을 줄 모르게 되었다. 빌어먹을 심각해졌다. 젠장, 이런 식으로는 절대 뉴요커가 될 수 없다.

이상하게 미쳐버린 것이다. 산뜻하게 웃기는 식이 아니라 칙칙하게 심각한 식으로, 즉 최악의 방식으로 말이다.

왜일까?

나는 따져보기로 했다.

일단 내가 아는 모든 뉴요커는 마약중독자다. (내 방에 찾아온 오래된 귀신을 포함해서) 한편 나는 마약을 전혀 하지 않는다. 얼마나 우습게 보일까?

역시 나는 뉴요커가 될 수가 없다.

내 방은 백 년 전 마약중독자들의 치료소였고, 그러니 내 방에 찾아온 그 마약중독자 귀신은 살아생전 거기에서 한 쌍의 기생/숙주 나무의 괴상한 결혼 이야기를 지켜보며 시간을 죽였을지도 모른다. 그것 말고 무슨 할 일이 있었을까?

마약을 하지 않는 나로서도 그 (구)마약치료소에서 하루하루 시간을 죽이다 보면 중독자들의 극심한 허기를 느낄 수 있었다. 그 허기가 가짜 기숙사촌 젊은이들을 미치게 만들고 있었다.

날이 좋아지자 근육질의 다람쥐가 테라스를 찾아와 소중한 나의 베고니아 화분을 죄다 파헤치고 도토리를 파묻어놓았고, 밤에는 옥상의 약쟁이들이 그 화분 위로 오줌을 발사했다. 나는 울었다. 내가 소유한 모든 것이, 맨해튼을 포함하여, 내 눈앞에서 난잡하게 파헤쳐지고, 능멸당하는 듯했다. 감전사한 쥐들의 저주가 나를 따라오기 시작한 것일까? 거대한 다람쥐가 내 방에 침입하여 소중한 빈티지 캐시미어 스웨터를 박박 찢어놓는 악몽에 시달렸다. 한편, 어김없이, 주말이 찾아왔고, 형편없는 음악, 형편없는 맥주와 형편없는 절규, 형편없는 춤, 오줌, 형편없는 마약에 전 기타 연주가 이어졌다.

젊은이들의 광란이란 원래 이다지도 서글픈 것인가?

마치 IMF 구제금융 시절의 영국 같군. 그런데 돈 냄새는 왜 이렇게 진동하는지.

이 가엾은 젊은이들은 왜 이스트빌리지 한 구석에서 이렇게 몹쓸 방식으로 젊음을 불태워야 하는가?

다시 월요일, 아무 일도 없었다는 듯 싸늘한 침묵 속 쌓이는 택배상자들.

그 짓의 반복. 또 반복. 더 이상 세는 것을 포기한 반복 속에서 나는 깨달았다. 뉴욕을 손에 넣은 대가로 너무 많은 자원을 탕진했으며, 헤로인 중독과 탈출 가운데 하나를 선택해야 하는 시점에 도달했다는 것을 말이다.

나는 생각했다. 정상적인 미국인이라면 마약과 총기 소유에 반대하지 않는다. 마약과 총기 소유의 자유, 그 두 가지가 미국식 자유주의를 떠받치는 양대 산맥이다. 미국은 내가 마약에 중독되는 것을, 혹은 총기 난사를 벌이는 것을 막지 않는다. 오히려 장려한다.

그 시점에 광기를 포함하여 모든 자원을 소진한 나는 총과 마약 외에 다른 미국을 향한 애정을 발견할 수 없었다. 만약 내가 마약이나 총을 향한 사랑에 빠졌다면 나는 여전히 그 땅에 있을 것이다. 그 길고도 짧은 시간 속에서 나는 중독과 폭력, 두 가지 외에 어떤 미국적인 열정도 발견하지 못했다. 돈? 그것은 미국인들의 교묘한 위장 전술에 불과할지도 모른다는 것을 나는 중독자 귀신들의 소굴에서 깨달았다.

윌리엄스버그에는 우유가 없다

맨해튼 다운타운을 수평으로 관통하는 L트레인을 타면 간단하게 윌리엄스버그에 도착할 수 있다. 약간의 해방감(잠깐이라도 이 유별난 혼란의 땅 맨해튼을 벗어난다는)을 품은 채로 베드포드애비뉴 역에서 내려 지상으로 올라가면 펼쳐지는 것은 산뜻한 느낌의 강가 신도시.

앞서 적었다시피 윌리엄스버그는 여러 면에서 경멸의 대상이다. 물론 윌리엄스버그가 재수 없는 동네라는 것에 동의한다. 하지만 그렇게 따지면 파크슬로프와 프로스펙트하이츠, 부시위크와 덤보와 클린턴힐도 재수 없는 동네인 것은 마찬가지다. 하지만 사람들은 프로스펙트하이츠에 대해서는 딩동댕 합격 버튼을 누르고 윌리엄스버그에 대해서는 땡, 불합격 통보를 내리며 비웃는다. 인간들, 특히 뉴요커들은 정말이지 신기한 생명체다.

솔직히, 나는 윌리엄스버그를 좋아한다. 왜냐하면 그곳은 저 멀리 홀로 앞서가는, 차세대 4차 산업혁명의 선두주자로서의 브루클린이기 때문이다. 다른 어떤 브루클린이 또 있을까? 1차 산업혁명적 브루클린? 혹은 정보화사회로서의 브루클린? 그것도 아니면 힙스터들의 브루클린 말씀입니까? 하고 꼬치꼬치 캐묻는다면 할 말은 없다. 하지만 윌리엄스버그가 진정한 4차 동네라는 것은 확실하다. 내가 보장해줄 수 있다.

내가 4차 산업혁명에 대해 대충 이해한 바에 따르면 그것은 최근 등장한 기술들—인공지능, 5G, 클라우드 컴퓨팅, 블록체인, 증강현실 따위를 통해서 인간이 속한 물리적 차원과 인간이 만들어낸 가상적 차원의 경계를 근본적으로 무너뜨리는 대변환을 가리킨다. 1차 산업혁명을 통해 인간은 주어진 환경을 획기적으로 거부할 수 있게 되었다. 말보다 빨리 달리게 되었고, 새보다 더 높이 날게 된 것이다. 이후 인간은 스스로가 속한 환경과 급속도로 멀어져왔다. 4차 산업이라는 개념에는 그 대담한 경향이 집약되어 있다. 즉, 4차 산업혁명이 추구하는 것은 완벽한 인공의 세계, 순수한 인간 관념으로 지어진 허공에 뜬 성채다. 그리고 그것보다 더 미국적인 것은 없다.

많은 미국인들이 동의하는 플롯이 있다. 미국이 갈수록 나빠지고 있다는 것이다. 하지만 사실일까? 나는 미국에서 지내면서 오히려 이곳만큼 한결같은 장소가 드물다고 느낀다. 즉, 미국이 지금 나쁘다면, 과거에도 딱 지금만큼 나빴을 것이라는 것이 내 가설이다. 왜냐하면 미국에는 역사가 존재하지 않기 때문이다. 왜냐하면 미국은 원본이 아닌 땅이기 때문이다.

미국은 이주자들의 나라다. 그들은 이쪽에 가짜 프랑스 마을을 짓고, 저쪽에는 가짜 영국 마을을 지었다. 서쪽에는 가짜 중국인 마을이 생겨났고, 동쪽에는 가짜 유대인 마을이 생겨났다. 노예로 끌려온 흑인들은 그들의 뿌리와 완전히 단절되었다. 유일하게 진짜였던 원주민들 또한 무자비한 학살로 모든 토대가 파괴된 뒤 가짜 원주민 마을 안에 박제됐다. 이렇게 미국에는 애초에 진짜가 없다. 아니 아무것도 없다. 이 텅 빈 제로의 땅에 나빠질 미래 따위 존재하지 않는다.

미국은 영원하다.
영원히 그대로다.

시뮬라크르(가상)라는 개념으로 유명한 프랑스의 철학자 장 보드리야르는 《아메리카》에서 미국을 '유럽의 파생실재'라고 불렀다. 21세기의 미국은 거기에서 더 나아간다. 오늘의 미국은 유럽의 파생실재일 뿐 아니라 온 지구인들의 파생실재다. 그리고 뉴욕에는 그 모든 파생실재들이 집약되어 있다. 코리아타운에는 한국의 파생실재가, 소호에는 패션산업의 파생실재가, 첼시에는 미술계라는 파생실재가, 월스트리트에는 국제금융의 파생실재가 있다. 이 놀라운 파생실재의 디즈니랜드는 단지 공간을 흉내내는 것은 아니다. 날씨와 시간에 따라 수시로 모습을 바꾼다. 흐린 날에는 런던이 되었다가 맑은 날에는 샌프란시스코가 되었다가 습기가 많은 날에는 홍콩이 되어버린다. 이렇게 순식간에 돌변하는 이 도시의 실체가 무엇인지 궁금하다면, 반복하건데, 답은 '없다'이다. 이 도시는 아무 실체가 없다. 뉴욕에 대한 가장 정확한 정보는 헐리우드 블록버스터 영화를 통해 손쉽게 습득할 수 있다. 납작한 화면에 펼쳐지는 가짜 세트장, 촘촘하게 들어찬 컴퓨터 그래픽들, 그 이상도 이하도 아닌 장소.

다시 말해 뉴욕은 뉴욕 행세를 하는 허깨비에 불과하다. 그 허깨비의 정체가 도대체 뭔가 들여다본다고 해서 알게 될 리가 없다. 아마 옷걸이 같은 것이겠지. 이 옷, 저 옷을 걸쳐봐도 폼 나는 근사한 옷걸이.

눈앞에 펼쳐진 현실이, 손을 뻗으면 실제로 만질 수 있는 현실의 실체가 존재하지 않는다는 것, 그 비현실성에서 비롯된 아찔한 현기증을 어떻게 설명해야 할까. 보이지 않는 끈에 매달린 그네를 타고 있는 느낌? 도시를 자유롭게 날아다니는 스파이더맨이 된 기분? 간단히 말해 미치광이가 되어가는 듯한 느낌?

내 앞에 분명하게 존재하는데 그게 완벽한 유령이라는 이야기가 사이비 종교처럼 들리지 않을 도리가 없다. 아마도 그것이 포스트모던 철학자들이 꽈배기처럼 비비 꼬인 말들을 늘어놓을 수밖에 없었던 이유가 아닐까?

포스트모던 철학자들이 잔뜩 늘어놓았던 그 해괴한 가르침들, 4차 산업혁명이 약속한다는 신기한 미래, 그 알쏭달쏭한 이미지들이 가리키는 것이 바로 여기, 근사한 봄 햇살 아래 차곡차곡 업데이트가 진행되는 강변의 작은 마을에 집약되어 있다.

오직 모조품들만 존재하는 멋진 신세계, 미국 그 자체.

한때 촌티를 풍기던 거리는 이제 멀끔한 강가 신도시의 분위기를 풍긴다. 그것이 세월 탓인지, 날씨 탓인지 아니면 그저 나의 변덕스러운 기분 탓인지 알 길이 없다. 중요한 것은 그 안에 들어 있는 지금 이 순간 모든 것이 영원하고 정지된 듯 느껴진다는 것뿐.

마치 천국처럼.

티 없이 달콤한 기분.

내 앞에 놓인 새하얀 크림과 블루베리 소스처럼.

이것은 몇 번째 팬케이크일까? 팬케이크들이 쌓이고 또 쌓여 무언가를 이루게 될 날이 올까?

쓸데없는 생각.

몇 잔째인지 모르는 커피,

마주 본 인간들의 표정 속 아주 잘 꾸며진 웃음과 공감,

그것을 거울처럼 반영하는 나.

누군가 나에게 영원히 이 짓을 반복하라고 명령한다면 거부할 수 있을까? 아, 이미 그러고 있는 건가.

＊

식당에서 나와 동네를 한 바퀴 돌아보았다. 강가에 새로 지어지고 있는 거대한 빌딩은 아무리 봐도 〈스타워즈〉 영화에 나오는 악당의 소굴처럼 생겼다. 그 옆 얼기설기 세워진 공원에 들어앉은 유기농 장터, 그 옆 잔디밭에 옹기종기 모여 햇살을 쬐는 시민들의 포토제닉한 표정, 공원을 등지고 들어선 고급 콘도들이 선전하는 최신식 마약중독자 라이프 스타일. 돌연 이 모든 현실의 존재들이 해독 불가능한 넌센스로 느껴지는 지금 이 순간, 그래, 지금이 바로 뇌를 셧다운

할 적절한 시점이다. 더 이상의 생각은 금지. 이 완벽한 부조리함을 단 꿀처럼 빨아먹자.

＊

골목 끝에 새로 문을 연 커피숍에서 우유가 들어간 커피를 주문하자 점원이 말했다. 죄송하지만 진짜 우유는 없어요. 아몬드밀크는 어떠세요? 라이스밀크는요? 혹은 소이밀크?

＊

윌리엄스버그에 대해 더 자세히 알고 싶은가? 그렇다면 구글맵을 들여다보라. 거기 전부 다 있다. 전부 다보다도 더 많은 전부가, 실제보다 더 많은 전체의 실체가 거기에 모조리 들어 있다. 현실보다 훨씬 더 근사한 리얼리티가, 진짜 사실과 좀 더 세련된 사실, 발전적 사실과 대안적 사실, 열등한 사실과 우월한 사실 그리고 그 사실들에 대한 가장 그럴듯한 사실들과 그 사실 속, 거짓말의 거짓말 속 언뜻 드러나는 앙상한 진실들, 그 모든 것이 모여 빚어내는 현란한 인공 정원의 세계가 구글맵 속에 죄다 들어 있다. 그렇다. 그것이 윌리엄스버그다. 아름답다. 그렇다.

카지노 도시

12월의 뉴욕은 낭만적이다. 아니 도시의 낭만이 무엇인지 깨달을 수 있는 가장 적절한 장소다. 스탠리 큐브릭의 유작 〈아이즈 와이드 셧〉의 마지막 장면을 떠올려보자. 산만하고 부산한, 크리스마스 분위기로 가득한 쇼핑몰 한가운데 멀뚱히 버티고 선 위기의 부부. 도시의 낭만이란 그런 것이다.

양손 가득 쇼핑백을 든 부유해 뵈는 사람들이 소음과 먼지에 이리저리 치이며 크리스마스 불빛으로 가득한 5번가를 꽉 채우는 사태가 바로 도시의 낭만이다. 즉, 도시의 낭만은 한겨울의 입구에서 흩날리는 돈뭉치다. 한여름의 싱그러움으로 도시는 자연을 이길 수 없다. 하지만 자연이 메마른 잠에 빠져드는 계절, 도시는 사치와 낭비로서 인간 문명의 우월성을 재확인한다. 물론 그것도 하루 이틀이지 연초에 벌

거벗은 크리스마스트리들이 도살된 시체들처럼 고급 주택가 앞에 쌓이기 시작하면 도시는 모든 꿈과 희망을 버린 채 묵언수행에 돌입한다. 그 쓸쓸한 수행의 가장 끝에 놓인 달이 바로 3월이다. 기이하게도 따뜻한 몇몇 날들이 2월 한복판에 주소를 잘못 찾아든 축하편지처럼 도착했다고 해서 안심하면 안 된다. 이어지는 기습적인 추위는 꽃샘추위 같은 귀여운 말로는 설명할 수가 없다. 꽃을 질투한다기보다, 다가오는 미래의 모든 꽃봉오리들을 아작 내고 부숴버리겠다는 공격에 가깝다. 때마침 관광객들의 수도 최저점을 찍고, 도시는 지친 거주민들의 사납고 피곤한 무드에 휘말린다. 이때의 날씨는 겨울이라 부르기도 난감하다. 아무 계절도 날씨도 아니다. 공연이 끝난 뒤 쓰레기 더미가 잔뜩 뒹구는 콘서트홀의 상태에 불과함.

또 한 번의 굉장한 눈 폭풍이 몰아쳤던 3월의 어느 날, 카페인 기운에 힘입어 동네 산책에 나섰다. 함박눈에 푹 잠긴 월요일 뉴욕의 거리는 아주 잠깐, 놀랍도록 평화로웠다. 하지만 나는 여러 번의 경험을 통해서 이런 보드라운 기분이 드는 순간이 뉴욕에서 최고로 위험한 때라는 것을 알고 있다. 부드러운 무드에 잠긴 무방비 상태의 인간은 가장 손쉬운 타깃이다. 앞뒤 재지 말고 도망쳐야 한다. 재빨리 몇 장의 사진을 남기고, 라기보다는 여기저기 허공에 대고 카메라 버튼을 몇 번 터치한 다음 집으로 돌아왔다.

뜨거운 차를 한잔 마시고 포근한 이불 속으로 기어들어가 핸드폰에 찍힌 사진들을 확인하다 흥미로운 사진을 한 장 발견했다. 마치 일부러 찍은 것 같은 소재와 구도로서 텅 빈 눈밭이 되어버린 거리 한복판에 외로이 선 광고판이 찍혀 있었다. 광고판에는 이렇게 쓰여 있다. Let's make America gay again. 트럼프 대통령의 선거 캠페인 문구(Let's make America great again)의 패러디다.

뉴욕에 살고 있기는 한거군, 나는 생각했다.

뉴욕 다운타운에 산다는 것은 가엾은 호모포비아 아저씨라도 매일매일 LGBT 커뮤니티와의 접촉을 피할 길이 없다는 것을 뜻한다. 게이 커플이 운영하는 카페에서 BLT 샌드위치로 아침을 해결하고, 레즈비언 직원이 내려주는 아메리카노를 마시며 잠을 깬다. 백화점에서는 게이 직원이 추천해주는 립스틱을 집어 들고, 한숨 돌리기 위해 들른 카페에서 흘러나오는 음악은 더 스미스.

뉴욕살이의 멋진 점은 결국, 이렇게 아무 노력을 기울이지 않아도, 자연스럽게 가장 앞서가는 선진적인 삶을 살게 된다는 것이다. 미친듯이 인터넷을 뒤지지 않아도 시내 카페에 삼십 분만 앉아 있으면 최신 트렌드를 꿰뚫을 수 있다. 문제는, 뉴욕에 아무 노력도 없이 가만히 있으려면 엄청난 돈이 필요하다는 것이다. 요즘 이 도시에서 발견되는 멋진 것들은 굉장한 양의 돈을, 꾸준히, 미친 속도로 태워 없애는 과정에서 파생되는 엉뚱한 노이즈와 다름이 없다.

뉴욕에 차고 넘치는 인간들 또한 회복 불가능한 규모의 손실, 즉 무지막지한 '투자'의 결과물들이다. 2미터 남짓의 생물체 하나에게 얼마나 많은 돈이 투입될 수 있을까 상상해보면 아찔해진다. 눈앞을 휙휙 스쳐 지나가는 저 모든 존재들에 매달린 가격표를 상상해봐도 역시. 광기 어린 축적, 어리석은 탕진, 불가능해 보이는 부채의 규모로 인해 블랙홀처럼 졸아붙은 신기한 인간 존재들이 내 주위를 스쳐 지나간다. 그들에 비하면 나는 할인마트의 철 지난 추석 선물세트랄까, 싸구려인 나는 번번히 놀라고 좌절하게 된다.

당연히 이런 무모한 탕진을 지속할 수 있는 사람들은 적다. 하지만 잭팟을 터뜨리겠다는 꿈으로 가득한 젊은 야망가들이 꾸준히 뉴욕으로 모여든다. 왜냐하면 뉴욕은 지구 최고의 (인간) 도박장이니까. 가장 모범적인 경우는, 가볍게 돈좀 쓰겠다는 가벼운 생각을 가지고, 하지만 혹시 나에게도? 하는 핑크빛 기대를 숨기지는 않은 채로 왔다가 우연히 잭팟을 터뜨리고 재빨리 집으로 돌아가는 것이다. 물론 그런 경우는 드물다. 차선의 결말은 준비해온 돈을 죄다 탕진한 다음 미련 없이 떠나는 것이다. 많은 현명한 사람들이 그렇게 한다. 하지만 그러지 못하는 사람들이 있다. 그들은 지루한 고향으로 돌아가는 대신 이 미친 카지노 도시에 남는다. 하지만 알다시피, 도박판에 충분히 머무르면 무조건 잃는다. 즉, 뉴욕에 충분히 오래 머문 사람들은 100퍼센트 잃고 있는, 또 계속해서 잃고 있는 자들이다. 그것이 돈이든 시간이든 재능이든 젊음이든 아무튼 이 도시는 끊임없이 잃게 만든다. 모든 것이 고갈될 때까지 탕진하게 한다. 너무 많은 시간이 흐르고 너무 많이 잃은 탓에 떠날 수 없게 된 이들이 마침내 떠안게 되는 역할은 신참자들을 유혹하는 것이다. 자신들의 뒤를 이어줄 새로운 희생자들을 위한 매혹적인 덫이 되는 것.

이 괴물 같은 도시는 그런 식으로 지탱해나간다. 도시를 가득 채운, 엄청난 돈뭉치이자 빚구덩이, 넋이 나가도록 세련된 도박광들을 바라보면 경이로울 뿐이다. 인간의 형상을 하고 있는 이 미스터리한 생명체들을 어떻게 묘사해야 할지 알 턱이 없다. 상처에서 피가 배어나오듯 매일 조금씩 잃고 있는 이들은 대체 무엇에 사로잡혀 있는 것일까? 어떤 꿈이 이들의 삶을 지탱하는가? 삶이란 결국 매일 조금씩 뭔가를 잃어가는, 마침내 죽음에 패배하는 과정이라고 볼 수도 있으니, 이들은 그저 누구보다도 충실히 삶을 살아가고 있는 것일까? 보이지도, 붙잡을 수도 없는 삶에 대한 진실을 굳이 목격해보겠다고 이곳에 죽치고 있는 나 또한 괴상한 생물체가 되어가고 있는 것이 아닐까?

이따금 맨해튼을 벗어났다가 돌아올 때, 멀리 쿠션 위에 꽂힌 핀셋들처럼 빽빽하게 채워진 금고-빌딩들이 시야에 들어오는 순간 느껴지는 기이한 희열과 좌절감은 매번 새롭다. 돈의, 돈을 위한, 돈에 의한 도시. 그 외에는 아무것도 아닌 이 괴물 도시의 특성이 시각적으로 그렇게까지 완벽하게 표현될 수 있다니!

물론 뉴욕에도 고상한 이미지가 있기는 하다. 우디 앨런이 만들어낸 뉴욕이 그것이다. 다양한 인종과 다운타운의 살벌함으로 유명했던 7, 80년대 뉴욕에 만들어진 우디 앨런의 대표작들은 랄프 로렌의 피케셔츠처럼 티 없는 백인적 여유로 가득하다. 물론 그런 뉴욕은 존재한 적이 없다. 그렇다면 존재하는 뉴욕은 무엇인가? 이 도시의 진짜 정체는 과연 무엇일까? 그것은 차라리 트럼프의 뉴욕을 더 닮았다.

트럼프가 당선된 뒤 화를 내는 인간들을 보면서 황당했다. 리버럴들의 뻔뻔한 위선에 진절머리가 났다. 그리하여 현란한 뉴스 창을 닫은 채, 잊혀진 옛사람들의 말에 귀를 기울이기 시작했다. 그것은 정신 나간 독일의 철학자이거나(니체, 《도덕의 계보》), 나폴레옹을 그리워하는 프랑스 촌사람이기도

하고(발자크, 《잃어버린 환상》), 혹은 담담하게 자본주의 세계체제의 몰락을 말하는 영국의 엘리트일 때도 있었다(존 그레이, 《가짜 여명》).

일련의 독서를 통해 깨달은 것은 간단하다. 세상은 힘의 논리로 돌아가는 정글이다. 순진한 이야기를 늘어놓는 이상주의자들 또한 그 무자비한 세계의 일부일 뿐이다.

이방카는 뉴욕 사교계에서 완전히 끝장났어. 어떤 뉴요커는 그렇게 말했다. 맞는 말이다. 그녀가 어퍼웨스트사이드의 고급 맨션에서 열리는 민주당을 위한 자선파티에 나타난다면 모두가 자리를 피하고 말겠지. 하지만 중요한 것은 그녀가 이제 더 이상 사교계에 나타날 필요가 없는 존재라는 점이다. 그녀는 더 이상 '사회'에 속하지 않아도 된다. 사람들이 음모론을 통해 묘사하는 미국 가장 꼭대기의 사람들은 대체로 그렇게 사회의 바깥에서, 서로 멀리 떨어진 채 살아간다.

결과적으로 이방카를 조롱하는 교양 있는 뉴요커의 생존 여부는 자신의 관대함을 과시하려는 권력자들의 허영심에 달려 있다. 최고의 수전노가 사랑하는 애인의 방을 꽃과 다이아몬드로 장식하고는 행복해하듯이, 이 냉혹한 권력자들은 약간의 사람들이 와인 잔을 든 채 아무 말이나 지껄이는 것을 관대하게 허용해주는 변태적 허영심이 있다. 그 허영심의 본질은, 혹은 그 한계는 어디일까? 요즘 세계의 권력자들은 비열한 어릿광대들이 어디까지 타락할 수 있을지 궁금한 것은 아닐까? 아니면 원래 권력을 가진 인간들이란 사람들이 타락하는 광경을 보고 싶어 하는 변태들인가?

궁금하지 않은가, 타락과 광기의 한계가 어디인지? 그렇다면 뉴욕으로 오라.

자신의 영혼이 어디까지 타락할 수 있는지 궁금한 인간이라면 누구라도, 이 놀라운 인간 도박장은 환영한다.

언제든 떠날 수 있다. 단, 영혼은 남겨둔 채 떠나야 한다.

*

주인을 잃은 때 탄 영혼들이 잿빛 거리를 몰려다닌다.

그들은 쥐와 비둘기의 가장 속 깊은 친구.

*

영혼을 잊은 껍데기 인간들이 금고 속으로 기어 들어가 눈을 감는다.

그들은 쥐의 심장과 비둘기의 뇌를 가진 허수아비.

II

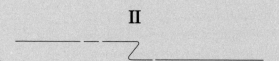

You Only Live New

1

뉴욕에는 웃기는 인간들이 많다.

한 블럭 걸으면 세 명 나타난다.

나도 그들 중 하나로 보일지 모른다.

2

뉴욕 거리에서 살아남기:

웃기게 보이거나 새것으로 보이거나.

웃기면서 동시에 새것으로 보이는 것이 가장 좋지만 어렵다.

3

뉴욕에서 인간들이 가장 치열해지는 순간은 늦은 밤 수면제를 삼킨 뒤 이불 속에 누워 넷플릭스 화면에 시선을 고정한 채 '내일은 뭘 입지?' 고민하는 때가 아닐까 한다. 화면 속에서는 엄청나게 중요한 일이 벌어지고 있다. 빛나는 금발을 휘날리는 여성 CEO는 사악한 음모를 계획 중이고, 너덜너덜한 셔츠 속에 조각 같은 근육을 숨긴 아버지는 딸을 죽인 살인마를 찾아 숲속을 헤맨다. 혹은 외계인이 슈퍼마켓에 나타난다거나, 잔다르크가 사실은 남자였다거나⋯ 하지만 솔직히 별 관심 없고, 대체 내일은 뭘 입고 밖에 나가야 또 하루를 생존해낼 수 있는 걸까?

4

구식 인간이라 그런지 유행에 대해 생각할 때면 점이 아니라 선으로 사고하는 버릇이 있다. 머릿속으로 지속되는 기간을 하나의 긴 선으로 그려본 뒤 안심하고 마음을 놓는 것이다. 가령 지난 달에 스웨터 두 장과 코트 하나, 재킷 하나를 샀으니까 이번 한 달은 문제 없겠지! 하지만 그간 경험한 바에 따르면 맨해튼 다운타운에서 가장 오래 지속된 유행의 기간은 삼 일이었다.

삼 일!

모두가 삼 일 정도 비슷한 짓을 한다, 굳게 협정이라도 맺은 듯. 하지만 곧 지긋지긋하다며 죄다 집어치우고, 흐지부지해진다. 이렇게 짧게 스쳐 지나가는 뭔가를 따라잡는 게 가능할 리가 없다. 왜냐하면 거기에는 사실상 아무런 공식이 없기 때문이다. 오늘은 떨어졌다가 내일은 올라갔다를 반복하는 혼란 속의 주식시장을 닮은 나날들…을 억지로 묘사해보자면 기분+날씨+요일의 초변덕 혼합 칵테일이랄까? 굉장히 그럴듯하고 독한 맛을 내는 무지개색의 칵테일. 아무도 레시피를 알 길 없는, 엉뚱하게 발명된 칵테일이 유행이라는 이름으로 파도처럼 넓게 퍼져나간다. 어디서도 이유를 찾을 길 없다. 단지 매우 입 짧은 사람들이 바쁘게 여기저기를 돌아다니고 있을 뿐.

5

기온이 뚝 떨어진 10월의 마지막 주 남색 옷을 입은 사람들이 거리로 쏟아져 나왔다. 정말이지 온통 남색뿐이었다. 나도 그 유행에 동참해야 하나 짧지만 깊게 고민했는데 다행히 이틀 후 사람들은 일제히 뉴욕 공식 컬러인 검정으로 돌아왔다. 그 많던 남색들은 다 어디로 갔을까, 내가 헛것을 봤나.

6

어쩌면 뉴욕에서는 초단기 유행이라는 관념이 유행 중

인지도 모른다. 이 스타일에서 저 스타일로, 곡예하듯 현란하게 갈아타는 이 멋진 뉴요커들의 정반대편에는 이런 초단기 유행의 관념을 이해하지도 받아들이지도 따라잡지도 못하는 나와 같은 부끄러운 패배자가 있다. 터프한 뉴요커들이 구겨진 유니클로를 입고 거리를 활보할 때, 나는 빳빳한 신상 모직코트를 입은 채 어리둥절해한다. 멋진 언니들이 약속이라도 한 듯 딱 붙는 원피스를 장착한 날 나는 헐렁한 스트라이프 셔츠 차림으로 절망한다. 도대체 어떻게 이런 일이? 혹시 저들만 아는 '뉴요커를 위한 오늘의 옷차림 지령' 게시판이 딥웹Deep Web 깊숙히 숨겨져 있는 것은 아닐까?

7

또 다른 가설. 미국의 일상복 문화는 이해하는 것이 불가능할 정도로 복잡한 룰로 이루어져 있고, 맨해튼 다운타운은 그것을 심화, 응용, 발전시키는 거대한 실험실이다. 사람들의 옷차림은 아침, 점심, 저녁이 다르고, 같은 아침이라도 아홉 시와 열 시가 다르다. 같은 평일이라도 월, 화, 수, 목이 각각 다르며, 주말이라면 금, 토, 일이 완전히 다르다. 아니 달라야 한다. 보슬비가 내리는 출근 시간이 다르고, 비가 그쳐가는 늦은 오후가 다르다. 그 미묘한 차이를 능숙하게 해석하고 적용하는 멋쟁이들을 볼 때 드는 가장 큰 의문은 이것이다. 도대체 저 매우 근사하면서도 튀지 않는, 고급스러우면서도 평범한 옷들은 어디서 사는 거지?

소호? 그것은 자살골이다. 비싼데다 완전히 패션빅팀 같은 옷들만 팔고 있는걸. 소호 거리에 줄줄이 늘어선 완전히 말도 안 되는 쇼윈도에서 고개를 돌려서 거리를 바라보면, 완전히 평범한 동시에 믿을 수 없이 세련된 옷을 입은 사람들이 새침한 표정으로 길을 가로지르고 있다. 그들이 표정으로 웅변하는 것은 확고하다. '내가 입은 옷을 어디서 샀는지 절대로 말해줄 수 없다.'

또 다른 가설. 유행의 도시 뉴욕은 트럼프로 인해 활짝 열린 신보수주의 시대를 환영하며 최고의 평범성을 전시하는 데 혈안이 되었다. 십 년 전, 부시 주니어의 마지막 나날들에 내가 처음 마주쳤던 뉴욕과는 딴판이다. (지난봄 야심차게 사들인 밝은 청록색 스니커는 신발장을 떠날 줄을 모르고, 오렌지색 스웨터는 쓰레기통으로 향했다.)

물론 이 살벌한 유행의 도시에도 일말의 관대함은 남아 있다. 100미터 앞에서도 관광객처럼 보이는 관광객들, 룰루레몬으로 무장한 운동광들, 에너지로 가득 찬 슈퍼 새내기 직장인, 구식 부자, 아트스쿨 학생, 미쳐버린 대학원생 그리고 4차원 유부녀에게 특별히 그렇다. 사실 이 멋진 도시는 사람들이 각자의 카테고리 안에 쏙 들어가 있는 이상 뭘 어떻게 하든 신경 쓰지 않는다. 하지만 당신이 지극히 평범한 뉴요커로 보이기를 바란다면 즉각 감춰뒀던 잔혹한 이빨을 드러낸다.

평범한 뉴요커로 보인다는 것은 광량과 온도, 습도와 풍향에 의해 매 순간 요동치는 뉴욕의 패션 법칙을 완벽하게 이해하고 실행할 수 있다는 것을 뜻한다. 하나라도 잘못되면 뉴요커처럼 보이고 싶어 하는 촌뜨기, 얼치기 사기꾼으로 보여 비웃음을 사게 된다. 하지만 나는 그 불가능해 보이는 미션, '평범한 뉴요커처럼 보이기'에 도전할 수밖에 없었는데 왜냐하면 도시가 나에게 관대할 이유가 하나도 없었기 때문이다. 나는 관광객도, 운동광도, 슈퍼 새내기나 부자 노인도, 아트스쿨 학생도, 대학원생도, 4차원 유부녀도 아니었기 때문이다. 나는 책을 쓴답시고 이 잘난 도시를 수상쩍게 떠돌고 있는 중인데, 요새 뉴욕은 누구보다도 수상쩍은 존재를 싫어한다. 나는 가능한 한 빨리 수상한 이방인의 위치에서 벗어나기 위해 절박한 심정으로 이베이를 뒤지기 시작했다. 삽질을 거듭했고, 대재난에 봉착하기도, 몇 가지 뜻깊은 교훈을 얻기도 했다. 하나의 예로서, 평일 대낮에 무릎 길이의 울 스커트에 빈티지 페라가모 부츠를 신고서 이스트빌리지 한복판으로 쳐들어가는 짓은 절대 하지 말아야 한다.

8

요즘도 내 도전은 실패와 성공을 반복하고 있다. 여전히 모르겠다. 어제 입고 나간 원피스에 어떤 큰 문제가 있었던 것인지. 혹시 운동화 탓일까? 단지 낯선 도시에서 미쳐가고 있는 것뿐일까? (아마도 그렇겠지.) 하지만 지난 목요일 오후 세시 반 6번가를 걷던 사람들의 삼 분의 일이 체크무늬로 된 뭔가를 걸치고 나온 것은 내 망상이 아니었다. 반복하지만, 인터넷 어딘가 진정한 뉴요커들을 위한 게시판에 매일 새벽 다섯 시 정각 지령이 내려오는 게 틀림없다. 오늘은 체크무늬입니다. 아, 하운드투스체크 아니고요, 글렌체크입니다.

오늘 밤에도 나는 전해 받지 못한 뉴욕의 메시지를 초조하게 기다리며 내일의 옷차림을 고민하게 될 것이다. 그리고 밝아오는 아침, 메시지를 받지 못한 수상한 이방인처럼 보이지 않기 위해 기도하는 마음으로 옷장을 열 것이며, 두근두근 거리로 나가면 '왜?' '어떻게?' '나는?' 새로운 좌절이 기다리고 있겠지.

9

여름이 왔다. 다시 말해 새 수영복이 필요하다.

10

리포메이션의 신상 원피스 또한 당장. 구찌의 샌들, 이큅먼트의 실크 블라우스, 이자벨마랑의 꽃무늬 치마, 톰포드의 선글라스, 샤넬의 발레리나 슈즈, 랙앤본의 티셔츠… 그리고 또, 또 다른, 새 옷, 새 신발, 새것들이 몽땅 필요하다! 옷장을 폭파시킬 만큼 많은 새 옷을 지금 당장 원한다!

11

K타운 바로 옆 메이시즈 백화점 피팅룸의 조명 시스템은 굉장하다. 아웃도어, 오피스, 이브닝 세 가지 모드가 있고 그 외에도 터치스크린을 통해 세밀하게 조도를 조정할 수 있다. 나는 홀딱 벗은 채, 터치스크린을 두드릴 때마다 달라지는 빛의 세례 속 달라지는 스스로의 모습에서 눈을 떼지 못한다. 아이보리색 페인트로 칠해진 널찍한 피팅룸, 사방에 널린 거울과 플라스틱 옷걸이들, 다섯 벌의 수영복 그리고 나. 그게 필요한 전부다. 나는 차례로 수영복을 걸쳐보고, 조명을 바꾸고, 돌아보고, 폰으로 거울에 비친 나를 찍어 친구에게 전송하고, 다시 벗고, 입고, 가격태그를 확인하는 사이 도착한 친구의 코멘트에 대해서 좀 더 생각해보고, 항의하고, 반박하고, 수긍하고, 벗고, 입고, 반복하는 사이 이 널찍한 사각형 속에 놓인 것은 오직 나.

12

　내 인생의 정신적 최저점에 대해서 생각해볼 때 떠오르는 장면이 하나 있다. 나는 백화점의 5층 구석방 올리브색 요가매트에 등을 대고 누워 두 다리를 괴상한 각도로 치켜 올린 채로 뱃가죽이 경련을 일으키려는 것을 지켜보고 있다. 강사가 나직한 목소리로 외친다. 오직 자신의 몸에 집중하세요. 강사가 다시금 강조한다. 지금 스스로의 몸을 느껴보세요. 그리고 우리 열 명 남짓한 수강생들과 마찬가지로 나는 얌전히 강사가 시키는 대로 집중하여 느끼고 있다. 근육 하나 없이 말랑말랑한 나의 뱃가죽이 경련을 일으키는 사태를 목격하고 있다. 강사를 뺀 모두가 스스로의 뱃가죽에 집중하고 있는 이 순간, 주위 누구에게도 관심 없이, 오직 스스로의 경련하는 말랑한 뱃살에 집중하는 장면만큼 서글픈 게 또 있을까?

13

　나름 성공적인 수영복 쇼핑을 끝내고 쇼핑몰을 가로지를 때 흘러나오는 경쾌한 음악 속 스쳐 지나가는 거울들, 온갖 거울들 속에 비치는 스스로를 확인하는, 적당히 카페인 기운에 돋우어진 나는 대단히 만족스럽다. 하지만 그 만족감이 아무래도 정상으로 느껴지지 않는다. 그렇지만 지금 이 순간 이 도시에는 오직 그런 만족감만이 존재하는 듯 보인다. 오직 나 자신에게 집중할 때 느껴지는 충만감을 온 도시가 응원하는 듯한, 아니 응원을 넘어 강요하는 듯한, 그리고 오직 그 기분만이 이 시대 도달 가능한 유일한 정의라고 선언하는 듯한 분위기. 예를 들어 한때는 스트리트 패션이라는 것이 존재했다. 사람들은 멋지게 차려입은 거리의 사람들을 발견하고, 동경했다. 하지만 더 이상 아니다. 요즘 사람들은 타인들을 발견하지 않는다. 오직 자신을 끊임없이 재발견할 뿐이다. 인터넷에서 가장 인기 있는 것은, 아니 가장 자극적인 것은 누군가의 셀카다. 요즘 세상의 즐거움이란 나, 거울, 거기 비친 나의 반영, 이렇게 세 가지 요소로 이루어져 있다. 나는 오직 반영된 나를 위해서 입고, 운동하고, 미소 짓는다.

14

자신의 몸에 집중하라. 스스로의 몸을 느껴라. 그 다정한 명령 앞에서 종종 막다른 골목으로 몰린 듯한 막막함을 느낀다. 그보다 더 막막한 감정이 세상에 있을까 싶다. 나 자신으로의 완벽한 회귀가 모든 문제의 처방이라면, 그야말로 끝이 아닌가. 만약 더 이상 스스로에게서도 구원을 찾을 수 없게 되면 어떻게 해야 하지? 거울에 비친 완벽한 나조차 지루해진다면, 어디로 가야 하지?

15

내 생각에 요즘 사람들은 가장 절망적일 때 셀카를 찍는다. 그리고 화면에 비친 자신을 보며 골똘히 생각한다. 저렇게 예쁘고 완벽한 애가 왜 절망에 빠졌을까?

16

정말로 궁금하다. 스스로의 육체가 더 이상 위안이 되지 못할 때 사람들은 자신조차 버리게 될까?

17

당연하지. 새로 사면 되니까. 자신조차.

18

영화 〈캐치 미 이프 유 캔〉에서 리어나도 디캐프리오가 연기한 프랭크 애버그네일은 신의 경지에 닿은 사기꾼이다. 그가 사기꾼이 된 것은 너무나도 합당한 이유에서였다. 좀 더 나은 자신이 되고 싶어서. 좀 더 근사한 사람이 되고 싶어서. 하지만 현실에 그렇게 근사한 인간은 존재할 수가 없다. 현실에서 가장 근사한 인간은 사기꾼이다.

19

뉴욕에는 근사한 인간들이 많다.

20

그들은 죄다 새것처럼 보인다.

21

You Only Live New.

22

뉴욕에서 당신은 언제나 새것으로 보인다. 그래야 한다.

그것이 당신의 유일한, 가장 절박한 소망이라면 당신은
이 도시에 어울린다.

그 소망을 제외한다면 당신이 이 도시에 머무를 이유 따
위 전혀 없다.

Pillow Talk

한국에서 태어나 자라며 접한 서구 선진국에 대한 특이한 소문들 가운데 하나는 서양 여성들은 화장기 없는 얼굴을 선호한다는 것이다. 심지어 브래지어도 하지 않는다, 즉 서양의 잘 교육받은 교양 있는 중산층 여성은 맨 얼굴에 노브라로 코펜하겐, 암스테르담 등의 유서 깊은 도시를 활보한다는 것이다.

사실일까?

알 수 없다. 나는 코펜하겐에도 암스테르담에도 가본 적이 없다.

한편 레아 세두는 프렌치 시크 스타일로 유명한 프랑스의 여배우다. 보풀이 인듯 힘 없는 머리카락, 다크서클이 그대로 드러나는 투명한 피부 표현 등, 프렌치 시크의 요소를 훌륭하게 만족시키는 그녀는 자신의 집에서 진행된 인터뷰에서 화장에 별로 관심 없다고 주장했는데, 인터뷰 사진 속 그녀의 뒤편으로 보이는 것은 화장품으로 가득 차서 무너져 내릴 듯한 화장대였다.

이것을 과연 위선이라는 카테고리에 넣어야 할까? 프렌치 시크란 그저 위선의 다른 이름인 걸까? 혹시 그녀는 그저, 화장품을 모으는 것을 좋아하는 소심한 사람인 것은 아닐까?

물론 어떤 식으로 부정하려고 해도 멋쟁이들이란 수면 위의 우아한 백조들이라는 사실을 모두가 잘 알고 있다. 문제는 수면 아래 움직이며 흙탕물 소용돌이를 일으키는 그들의 못생긴 물갈퀴 또한 사실은 훤히 보인다는 사실이다. 어쩌면 사람들은 감추려해도 감추어지지 않는 그 부산한 흙탕물 노력을 좋아하는 것일지도 모르겠다. 아니, 확실히 그럴 것이다.

솔직히 아무 노력도 들이지 않은 것처럼 보이는 노력만큼 무모하고, 변태 같고, 절망적인 노력이란 없다. 그런데 내가 말했던가, 뉴욕에서는 모두들 그러고들 있다고. 뉴요커들이란 정말이지 끔찍한 존재들이다.

이제는 캘리포니아의 서버브에서 평화와 안정을 찾은듯 보이는 한 전직 뉴요커는 컬럼비아 대학교 대학원에 다니던 시절 매일 밤 인터넷 쇼핑몰에서 사들이던 옷값과 주말마다 맨해튼을 남북으로 가로지르는 데 드는 택시비를 충당하느라 스테이플스에서 파는 35달러짜리 책상에서 벗어날 수가 없었다고 한다. 그런데 다시금 강조하지만, 이렇게 뉴욕 사람들이 탕진을 거듭하며 몰두하는 것은 소설 《마담 보바리》의 파티 장면에 등장할 법한 화려한 복장이 아니라 정반대로, 전혀 아무런 신경도 쓰지 않은 듯, 그저 미치도록 무심하여 시크한 거리의 행인1 스타일이다.

My Lips But Better

나에게는 MLBB 립스틱이 총 열 개 있다. MLBB란 My Lips But Better, 즉 아무것도 안 바른 내 맨 입술처럼 예쁘게 보이게 하는 엷은 피부색에 가까운 립스틱을 말한다.

솔직히 누군가 내가 가진 열 개의 립스틱들의 차이점을 묻는다면 별로 할 말은 없다.

이십 대 후반까지 나는 립스틱을 바르지 않았는데, 즉 화장을 전혀 하지 않았다. 유일하게 가지고 있는 립스틱은 샤넬의 핫핑크색 립스틱으로, 울적한 날 백화점에 들렀다가 충동구매한 것이다. 립스틱이란 무조건 강렬한 색깔을 품어야 한다고 생각했던 순수한 시절의 산물이다. 점원이 최근 대히트한 티브이 드라마에서 전지현이 바르고 나온 립스틱이라고 선전하며 내민 그 립스틱을 나는 아무 고민 없이 덥썩 받아 들었다.

시간이 흘러 2016년 뉴욕의 봄, 나는 생애 최초로 진지하게 립스틱 쇼핑에 나서게 된다. 소호의 블루밍데일즈 백화점에 있는 톰포드 매장에서였다. 킬리언 머피를 닮은 게이 점원이 추천한 선명한 산호색의 립스틱을 구매했다. 당시 한국에서 유행하던 '형광등' 계열의, 즉 바르는 순간 얼굴이 쨍하고 밝아 보이는 립스틱이었다. 대만족한 나는 핫핑크색 립스틱도 덤으로 구매했다. (왜 하필 핫핑크색인가 하면 나는 핑크색에 집착하는 정신병이 있다.) 나는 그 두 개의 톰포드 립스틱을 몹시 사랑하였다. 하지만 약간의 시간이 지나고 뭔가 아주 잘못되었다는 것을 깨달았다. 문제의 원인을 발견한 것은 시크한 동네 뉴요커 여성들의 입술 위에서였다. 그들의 입술에서는, 그들의 멋지고 당당한 입술에서는 아무 색깔도 발견되지 않았던 것이다!

물론 나는 그들이 맨입술에 챕스틱만 바르고 살벌한 맨해튼 거리를 활보하고 있을 거라고 믿을 정도로 바보는 아니었다. 온종일 인터넷을 뒤지다가 문제의 용어 MLBB를 찾아냈고, 나의 운명은 바뀌었다. 거의 이렇게 주장해도 틀린 것이 없다. '나의 뉴욕 생활은 MLBB 립스틱 사용 전과 후로 나뉜다.'

나의 첫 번째 MLBB 립스틱은 이베이에서 10달러에 건진 맥의 카인다섹시Kinda Sexy였다. 그 립스틱을 바르면 정말이지 내 입술이 어딘지 모르게 섹시한 듯한 맨입술로 느껴졌다. 그 환상적인 립스틱의 유일한 단점은 입술을 건조하게 만드는 것이었다. 두 번째는 샤넬의 한정판 매트 립스틱이었는데 아무래도 어울리지가 않아서 버렸다. 마침내 세 번째이자 기념비적인 MLBB 립스틱 발견에 대해 말하려면 먼저 위대한 샬럿 틸버리 여사를 언급해야만 할 것이다.

푸들처럼 복슬복슬한 홍당무색 머리에 새까만 스모키아이, 안타깝게도 저주를 내리는 법을 배우지 못한 착하고 엉뚱한 마녀의 분위기를 풍기는 샬럿 틸버리는 헐리우드의 유명한 메이크업 아티스트로, 런던에서 태어났지만 한 살이 되기도 전에 문화예술계 종사자인 부모를 따라 유명한 파티 섬인 이비자로 건너가 어린 시절을 보냈다. 그녀에게 은근히 느껴지는 꿈꾸는 듯 온화한 남부의 이미지는 어쩌면 그 화창한 섬에서 보낸 어린 시절에서 비롯된 것일지도 모르겠다.

아무튼 내가 처음 샬럿 틸버리를 접한 계기는 그녀의 립스틱, 어메이징 그레이스가 거둔 놀라운 성공에 대한 인터넷 기사를 통해서였다. 나는 이베이를 통해 그 립스틱을 구입했고 아쉽게도 전혀 안 어울렸다. 심지어 그 립스틱은 MLBB 립스틱도 아니었다. 약간의 혼란 속에서 샬럿 틸버리 공식 홈페이지를 찾았다. 마침 메인 페이지에서 새로 나온 립스틱을 대대적으로 홍보하고 있었다.

Pillow Talk

베갯머리 대화. MLBB 립스틱에 대한 이보다 더 절묘한 설명이 있을까! 낮은 조명 속에서, 침대에 느슨하게 누운 채 베개들 사이를 뒹굴며 속 깊은 대화를 나눌 때, 바로 그 순간 치명적이고 자연스럽게 매력적으로 빛나는 맨입술 같은 입술의 매력!

나는 망설임 없이 장바구니를 클릭했고 결과는 대성공이었다.

나는 평일에도, 주말에도, 옷을 차려입어도, 옷을 대충 입어도, 비가 올 때도, 해가 쨍할 때도, 모자를 쓸 때도, 안 쓸 때도, 선글라스를 쓸 때도, 선글라스를 썼다가 벗었을 때도, 그 어떤 순간이든 비난받지 않을 표준적인 입술 색깔을 소유할 수 있게 되었다.

나는 뉴욕 거리의 진정한 행인1 이미지를 향해 한 걸음 더 다가갔고, 그것은 축하할 만한 일이었다. 이후 나는 정기적으로 샬럿 틸버리 공식 홈페이지에 방문하여 립스틱들을 쓸어 담았다. 비치퍼펙트^{Bitch Perfect}는 이름만큼이나 위선적으로 야한 맨입술의 분위기를 만들어주었다. 슈퍼신디^{Super Cindy}

는 한여름 살짝 탄 피부, 즉 야외 수영장에 잘 어울렸다. 컨페션Confession, 그것은 성당보다는 마돈나의 댄스플로어에 어울리는 진솔한 고백이었고, 잉글리시뷰티English Beauty는 신기하게도 내 본래 입술 색과 완전히 똑같아서 아무 효과도 누릴 수 없었다. 한편 아메리칸뷰티American Beauty를 바르면 어딘가 불쌍한 분위기를 풍겨서 버렸다. 미스블루밍데일스Miss Bloomingdales는 공교롭게도 미스켄싱턴Miss Kensington과 똑같은 색깔이었는데 둘 다 나한테는 안 어울렸다. 비트윈더시츠Between the Sheets는 귀여운 분홍빛 맨입술을 탄생시켰는데 슬프게도 귀엽다는 것은 뉴욕에서 별로 좋은 특징이 아니다.

빙 돌고 돌아 나는 다시 필로토크Pillow Talk로 돌아왔다.

필로토크는 뭐랄까, 완벽한 헐리우드식 누드 립스틱이라고 할 수 있다. 켄달 제너의 파파라치 사진을 떠올려보자. 몸의 라인이 적나라하게 드러나는 아이보리색 실크 드레스에 새하얀 케네스 콜 운동화를 신은 그녀는 완벽하다. 어떤 식으로 완벽하냐면 방금 공장에서 찍혀 나온 최신식 사이보그 로봇 같다. 아무 결점 없는, 최고급 실리콘으로 빚은 듯한 최상급 외모. 그 로봇의 입술은 혈색 좋고 건강한, 표준적인 인간의 맨입술 빛깔이다.

그 색깔을 나는 이렇게 부를까 한다. 스타워즈 누드.

디스토피아 SF 영화에 나오는 똑같이 생긴 클론 사이보 그들의 완벽하게 표준적인 입술 색깔.

MLBB의 세계가 추구하는 궁극적인 미학이란 결국 이것이 아닐까? 절대로 튀지 말 것.

스타워즈 미래

뉴욕 다운타운에서는 바^{Barre} 운동으로 다져진 똑같은 체격의 여자들이 똑같은 룰루레몬의 요가복을 차려입고 똑같은 표정, 똑같은 선글라스, 똑같은 입술색을 한 채 힘찬 종종걸음으로 횡단보도를 건너는 것을 자주 볼 수 있다. 그들의 근사한 점은, 가장 부러운 점은 모든 종류의 공격으로부터 안전해 보인다는 것이다. 똑같은 체형, 똑같은 유니폼, 똑같은 표정과 선글라스, 똑같은 핑크베이지 톤의 입술 색을 하고 당당하게 활보하는 그들에 대해서 아무도 뭐라 할 수 없다. 왜냐하면 그들은 뭔가 거대한 것의 일부로 보이기 때문이다. 인간화한 마이크로소프트의 주식 한 주랄까? 그런 그녀들을 어떻게 공격한단 말인가?

나 또한 그들의 일부가 될 수 있을까? 하여, 나 또한, 당신도 그리고 새로운 당신도 모두가 하나 되어 그 균일화된 그룹에 합류하여 똑같은 걸음걸이로 검은 룰루레몬 쓰나미의 일부가 되어 온 도시를 휩쓸게 될 때, 그런 인간들로 이 도시가 가득 차게 된다면… 혹시 그런 미래가 다가오는 것은 아닐까?

당신이라면 그 미래를 무엇이라 부르겠는가?

DHL과 나

이론적으로 뉴욕은 쇼핑 천국이다. 물론 그 이론은 철저히 관념에 적용된다.

잊지 말기를, 뉴욕은 인류 역사상 가장 관념적인 도시, 허공에 뜬 무지갯빛 궁궐.

물론 누구라도 뉴욕에서 충분한 시간을 보내고 나면 관념이 아닌 현실로서의 뉴욕에 눈뜨게 된다. 현실로서의 뉴욕이란 무엇인가? 당연히 고통이다. 현실로서의 뉴욕, 혹은 뉴욕으로서의 현실은 순수한 고통에 불과하다는 것을 깨닫는 데 걸리는 시간은 개인마다 다르다. 하지만 동일한 것은 깨달음의 순간 도망치는 대신 눈을 질끈 감는 법을 배운다는 것이다. 하긴 이 압도적인 고통 앞에서 뭔가 다른 행동을 할 수 있을 정도로 긍정적인 인간은 드물겠지.

고통? 그것은 애교에 불과하다.

뉴욕에 적응한다는 것은 세상에 고통 이상의 고통이 존재한다는 사실을 고문당하듯 배워가는 과정이다.

뉴욕에 산다는 것은 완벽하게 순수한 고통 속에서 현실에 대한 믿음을, 믿음에 기반한 현실을 완전히 포기하는 과정이다. 그 결과 뉴욕의 삶에 적응한 인간은 지구 최강의 관념론자로 탈바꿈하게 된다. 일종의 도인이 되는 것이다. 눈앞에 빤히 보이는 것들을 득도한 도사처럼 먼 배경으로서 관조할 것. 자신의 신체와 정신을 파괴시키는 전방위적인 공격을 너털웃음 지으며 바라볼 것.

그 결과 뉴요커들은 굉장히 특이한 초자아의 소유자가 된다. 모든 것에 대해 최악의 상황만을 상상하며 안도할 것. 즉, 모든 것을 일상적으로 의심하고, 또 의심하는 것으로 평화를 유지할 것. 놀라고, 또 언제나 경악하는 면면으로 일상의 행복을 채워나갈 것.

총체적으로 장대한 파라노이아로 이루어진 가장 보통의 삶을 이 미친 도시는 당신에게 선사한다.

달 착륙 음모론에 대하여:

뉴욕에서 나는 달이 존재한다는 사실 자체를 믿을 수가 없다.

하여간 뉴욕은 여전히 쇼핑의 메카가 맞다. 다만 온라인 쇼핑의 측면에서 그렇다. 뉴욕에서 나는 집에 틀어박힌 채 온갖 것을 스마트폰으로 주문한다. 티셔츠, 붕대, 요거트, 스테이크, 물티슈, 에비앙, 콜택시, 사과, 참치 뱃살, 쥐덫, 브래지어와 소화제….

이따금 밖에 나가 걷다가 다운타운의 오래된 빌딩 창문에 새겨진 GOOGLE 여섯 글자, 펄럭이는 이베이 깃발을 발견할 때면 어찌나 마음이 푸근해지던지!

이 책의 맨 앞에서 나는 뉴욕에 있으면 도무지 가만히 있을 수가 없다고 적었다. 그것은 맞다. 뉴욕에서는 도무지 걸음을 멈출 수가 없다. 다섯 애비뉴 정도를 가로지르는 것은 장난이다. 하지만 정반대의 흥미진진한 진실도 뉴욕에는 존재한다. 그 진실은 이렇다. 뉴욕에 있으면 도무지 움직일 수가 없다. 집 밖으로 단 한 발자국도 나갈 수가 없다.

처음 뉴욕에 머물 때 한 달 동안 나는 혼자서 집 밖으로 한 발짝도 나가지 못했다. 고백건데 나 또한 내가 그렇게나 무지막지한 겁쟁이일지 몰랐다. 물론 문 밖에 펼쳐진 멋진 도시가 온갖 살인마들과 시체들, 마약중독자들과 좀비들로 가득할 것이라고 믿은 것은 아니다. 그저 나는 무지막지한 겁쟁이였을 뿐이다. 사실 그것은 긍정적인 신호라고 할 수 있다. 뉴요커들만큼 겁을 잘 집어먹는 인간들도 드무니까. 만성적인 외상후스트레스장애에 시달리는 것이 명백해 보이는 푹 발효된 뉴요커들은 저기, 애틀랜타공항 환승장에서부터 티가 난다.

확신컨데 그들은 뉴욕에서 대체로 집에 있다.

부산한 티브이의 화면.

저혈압스럽게 무기력한 초인종 소리.

문을 열고 무력함을 질질 흘리며 갈색 종이봉투를 받아 든 뒤 다시 티브이 앞으로 돌아와 봉투를 열고, 덜 익은 밀가루 맛 나는 나초 칩을 꺼내 씹으며 생각한다.

도무지 밖으로 나갈 수가 없다.

바깥은 불타는 늪.

그 안의 이상한 정신병원.

여기는 각종 배송 서비스를 연구하기에 완벽한 곳이다.

DHL Sucks

고요한 집에 어항 속 피라냐처럼 정지하여 있다 보면 DHL한테서 문자가 온다. 오늘 오후 1시 03분 배달원이 방문하였으나 집에 아무도 없었음. 내일 다시 방문하겠음.

?

지금 시간은 오늘 오후 1시 04분. 일 분 전에 내가 뭘 했더라? 아—무 것도. 어디에 있었지? 집. 그렇다, 나는 일 분

전에 분명히 집에 있었다. 내가 초단기 기억상실에 시달리지 않는 한 맹세컨데, 외계인에게 초단기로 납치를 당한 것이 아닌 이상, 나는 분명히 집에 있었다. 내가 치매가 아니라면, 나는 그 일 분 사이에 화장실에도 가지 않았다.

다음 날 비슷한 시간, 나는 여전히 집에 있다. 핸드폰에 문자가 하나 뜬다. 오늘 오후 1시 45분 배달자가 방문하였으나 집에 아무도 없었음. 내일 또 다시 방문하겠음.

??

다음 날 집, 새로운 문자. 오늘 오후 12시 01분 배달원이 방문하였으나 집에 아무도 없었음. DHL 센터로 택배를 찾으러 오시오.

?????

DHL과 나의 관계는 항상 이런 식이다. 마지막 장면 또한 항상 같다. 지하철을 두 번 갈아타고 미드타운 서쪽 끝에 있는 DHL 보관센터에 찾아간다. 직원은 친절하고, 서비스는 신속하다. 나는 커다란 택배상자를 껴안고 다시 지하철을 갈아타고 집으로 돌아온다.

나는 진심으로 DHL 개자식만은 피하고 싶다. 문제는 주문을 하기 전에는 어떤 서비스로 택배가 도착할지 알 수 없는 경우가 많다는 것이다. (혹은 그렇게 꼼꼼히 배송 옵션을 따져보기에 너무 게으르다.) 결제를 하고 발송알림 메일 속 트래

킹 넘버에서 DHL을 발견하는 순간, 항상 급박한 척하는, 주접스럽게 긴 DHL 익스프레스 택배 서비스 알람이 문자로 도착하는 순간, 나는 망연자실한 표정으로 중얼거린다. DHL sucks.

아마존

뉴욕에서 생활한 지 일 년 만에, 삐뚤어진 골반과 잘못된 걸음걸이로 인해서 아킬레스건염 증세가 시작되었고, 오프라인 장보기는 갈수록 견디기 힘든 경험이 되어갔다. 마침내 굴복했다. 아마존 프라임 서비스에 가입한 것이다. 쿠팡 로켓배송을 경험하기 전까지 나는 아마존 프라임의 무료 이틀 배송 서비스가 지구 최강의 배송 시스템이라고 믿었다. 타깃, 월마트, 월그린, 구글쇼핑, 프레시다이렉트까지 온갖 인터넷 배송 서비스를 이용해봤지만 아마존 프라임을 능가하는 인터넷 쇼핑몰은 존재하지 않았다. (이후 아마존에는 하루 배송, 저녁 배송 등의 서비스도 생겨났는데 그것은 50퍼센트의 확률로 제때 도착하지 않았으니 참고하기 바란다.)

흥미롭게도 미국우편서비스USPS를 제외하면 미국의 모든 배송 서비스는 일부러 그렇게 정해놓은 것처럼 꾸준히 5~10퍼센트 정도의 배송 사고를 일으킨다. 열 번에 한 번은 꼭 상품이 바뀌어 온다든지, 도착하지 않거나, 파손이 되어 있다. 그것은 물론 내가 너무 많이 주문을 넣기 때문일 것이다. 아무튼 가장 믿을 만한 서비스인 아마존이 이런 지경이니 택배광인 나는 언제나 잔잔한 불안에 시달리게 되었다.

이베이

이베이의 첫 번째로 좋은 점은 택배의 99퍼센트가 USPS를 통해서 배송된다는 것이다. 페덱스나 UPS도 나쁘지 않다. 하지만 나는 역시 USPS가 제일 좋다.

이베이의 두 번째로 좋은 점은 캐시미어 천국이라는 점이다.

캐시미어란 대단하다.

캐시미어를 믿는 종교가 있다면 당장 가입할 것이다.

하지만 캐시미어를 믿는 종교는 생길 수가 없는데 왜냐하면 캐시미어가 좋다는 것은 환상이 아니고 팩트이기 때문이다. 누구라도 캐시미어를 좋아할 수밖에 없다. 캐시미어 스웨터, 캐시미어 머플러, 캐시미어 코트, 캐시미어 모자와 장갑, 캐시미어 후드집업과 조깅팬츠까지… 캐시미어는 뭐든지 좋다. 그걸로 밥을 지어도 좋을 것이고, 집을 지어도 좋을 것이다. 확신한다. 그런 의미에서 버그도프굿맨의 스코틀랜드산 빈티지 캐시미어를 30달러에 구입할 수 있는 이베이는 분명히 천국이다.

이베이의 또 다른 좋은 점은 화장품을 매우 싼값에 살 수 있다는 것이다. 나는 그곳에서 디올의 한정판 아이섀도 팔레트를 면세점가보다 더 싸게, 키엘의 바디로션을 반값에, 디올의 립스틱을 18달러에 구입하고는 했다. 나의 립스틱 실험은 이베이가 없다면 불가능했다. 이베이 쇼핑에 익숙해지면 정말이지 세포라 매장에는 갈 수가 없게 된다.

물론 이베이 쇼핑의 하이라이트는 경매다. 이베이에 완전 중독된 시절, 나는 동네 슈퍼마켓에서 장을 보면서 동시에 경매 종료 삼십 분을 남겨둔 시점에 세 명의 입찰자와 경쟁하여 승리한 적이 있다. 그게 내 경매 인생의 절정이었다.

솔직히 나는 경매를 잘 하지 않는다. 대부분 지기 때문이다. '깎아주세요Make Offer' 기능을 훨씬 좋아한다. 깎아달라고 했을 때는 한 번도 거절당한 적이 없다. 아마도 매우 소심하게 디스카운트된 가격을 적어 내기 때문일 것이다.

한동안 나는 이베이 주식을 살까 말까 진지하게 고민한 적이 있었는데 결국 사지 않았다. 현명한 선택이었다고 생각한다. 왜냐하면 이베이의 서비스는 너무나도 순둥이이기 때문이다. 좋은 가격에, 온갖 물건들을 배송 사고도 거의 없이 전달해준다. 정말이지 별 다른 문제가 일어나지 않는다. 그런데 순둥이라는 것은, 팜파탈적인 매력이 부족하다는 뜻. 다른 말로, 자극적이지 않다. 한편 주식쟁이들은 세계 최강의

자극 중독자들로서 무자극의 멀쩡한 회사의 주식이 인기를 얻게 된다는 것은, 월스트리트적인 관점에서 불가능한 일이라 생각된다.

USPS

역시 믿을 것은 USPS밖에 없다. 하지만 슬프게도 USPS는 음식 배달을 하지 않는다.

포스트메이츠

포스트메이츠가 처음 등장했을 때 사람들은 약간의 충격 혹은 위협을 느꼈던 것 같다. 포스트메이츠는 일반적인 동네 음식 배달 사이트와는 개념이 달랐다. 길게 줄을 서서 삼십 분 이상 기다려야 입장 가능한 요새 가장 인기 있는 레스토랑의 음식을 정신 나간 배달료를 받고 배달해주는 놀라운 서비스 업체였다. 한 유명 신문사는 포스트메이츠에서 배달료로 10만 원을 넘게 내는 것이 가능한지(물론 가능하다) 실험해보기도 했다.

실제로 10만 원의 배달료가 나왔던 적은 없다. 지하철을 타고 사십 분을 가야 하는 업타운의 이탈리아 레스토랑에서 파는 뉴욕에서 제일 맛있는 티라미수 케이크(20달러)를 한 개 주문하여 총 50달러의 돈을 지급했던 적이 있다. 하지만 그게 과연 미친 짓일까? 냉정히 따져봤을 때 결론은 정반대일 수 있다. 북적북적한 업타운의 이탈리아 식당에 가서 달랑 티라미수 케이크 하나만 시킬 수는 없지 않은가? 일단 파스타를 시킨 다음… 와인도 한 잔 추가… 샐러드도 곁들여야 한다. 게다가 어퍼이스트사이드까지 가서 파스타에 케이크 하나만 먹고 돌아올 수는 없지 않은가? 미술관 정도는 방문해야 하는데다가…

　물론 케이크를 먹기 위해 파스타에 와인을 시키고, 살짝 취한 김에 센트럴파크도 한 바퀴 돈 다음, 홀푸드에 들러서 복숭아 세 개를 사서 집으로 돌아오는 것도 (이론상) 근사한 계획이다. 하지만 계획과 현실은 하늘과 땅 차이다. 거리를 꽉 채운 관광객들, 험악한 지하철, 길고 또 긴 레스토랑의 줄, 옆 테이블에 앉은 백인 할머니의 인종차별적 눈초리, 센트럴파크 입구의 고약한 말똥 냄새, 패닉하여 택시에 올라타지 않는다는 보장이 있을까? 즉, 30달러의 배달료는 낭비가 아니라 구원일 수 있다.

　물론 이런 과학적 셈법을 통해 값비싼 음식 배달 서비스를 이용한다고 해서 모든 것이 평안해지는 것은 아니다. 컴퓨터 화면 속 지도에서 배달원이 반대 방향으로 끝없이 멀어지는 경우는 결코 드물지 않다. 내 소중한 베이컨더블치즈버거를 납치한 배달원이 자꾸만 멀어지고 더 멀어져 결국 어딘가 완전히 엉뚱한 곳(예: 루즈벨트 아일랜드)에 정박한 채 더 이상 움직이지 않는 지도를 바라보는 심정의 비통함은 정말이지 묘사하기 난감하다.

그럽허브, 심리스, 도어대시, 우버이츠

그렇다고 그럽허브나 심리스 혹은 도어대시, 우버이츠 같은 같은 동네 배달 서비스를 철썩같이 믿을 수 있는 것도 아니다. 집에서 십 분 떨어진 식당에서 주문한 샌드위치가 세 시간 만에 도착한 경우도 있었다.

(일주일 전 타깃에서 주문한) 라벤더향 물걸레 청소포를 기다리며…

무라카미 하루키는 《먼 북소리》라는 책에서 이탈리아의 극악한 우편 시스템에 대해 길고도 집요하게 성토한 적이 있다. 그것은 내가 현대 이탈리아에 대해 접한 최초의 정보였고, 그래서 삼십 대 중반까지 그 무시무시한 나라에 갈 생각도 하지 않았다. 마침내 이탈리아에 방문했을 때 나는 각종 염려에 시달렸는데, 방금 도착한 피렌체의 호텔에서 뜨거운 물이 나오지 않았을 때 그 염려는 절정에 달했다. 하지만 놀랍게도 다음 날 아침 멀쩡하게 뜨거운 물이 나오는 게 아닌가! 이것은 뉴욕에서의 내 삶을 돌아봤을 때 기적 같은 장면인데, 왜냐하면 내가 살던 이스트빌리지 아파트에서는 대략

일주일에 두세 번 정도 샤워기에서 뜨거운 물이 나오지 않았기 때문이다. 나는 관리 직원에게 여러 번 항의했지만 문제는 끝내 해결되지 않았다.

나는 미국인들을 싫어하지 않는다. 정반대다. 미국인들의 고지식함에 번번히 감동한다. 그들은 택배를 세 번이나 잘못 보낸 아마존에 전화를 걸어 항의할 때도 절대 화내지 않는다. 말도 안 되게 지치게 만드는 미국의 복잡한 병원 의료시스템에 대해서도 절대로 화를 폭발시키지 않는다. 그저 참고 또 견딜 뿐. 그래서인지 모르겠는데 내가 접한 미국인들은 항상 약간은 호소하는 자세를 가지고 있다. 온갖 세상의 부당함에 맞서 자신의 정당함을 호소하는 눈물겹게 전투적인 자세. 그것이 어디에서 비롯된 것인지 이제 약간은 이해할 수 있을 것만 같다. 도착하지 않는 택배, 사라져버린 음식, 자꾸만 파손되어 나타나는 물건들 앞에서 나에게 허용된 것은 맹목적 믿음 속 진지한 호소뿐. 전화기 속 녹음된 목소리 너머, 채팅 창에 뜨는 "무엇을 도와드릴까요" 문장 너머 과연 진짜 인간이 존재하는 걸까? 쓸데없는 질문이다. 그저 믿음으로 호소해야 한다. 착한 개와 같은 맹목적 긍정주의와 함께 전진해나가는, 언제나 넘실거리는 파산의 가능성에 두근대며, 이 엉망진창의, 끊임없이 사들여도 도무지 쌓이지가 않는 이상한 모래성의 소비 세계를 죽을 때까지 헤쳐

나가는 것은 미국인들의, 아니 과연 미국인들만의 운명인 걸
까?

청교도의 저녁 식사

이론상 뉴욕은 음식의 천국이기도 하다. 그래서일까, 처음 뉴욕에 왔을 때 두 달 동안 요리를 안 했다. 우연이라고 생각했는데 다시 뉴욕에 왔을 때는 세 달 동안 안 했다. 이유가 무엇일까 생각해봤는데, 뉴욕이 외식의 천국이라서는 아닌 것 같고, 뉴욕의 슬픈 아파트 구조에 그 답이 있는 것 같다. 표준적인 뉴욕의 아파트는 요리라는 놀라운 모험이 벌어질 것이라고는 절대 가정하지 않은 채 지어져온 것이 분명하다. 예를 들어 첼시에 살던 시절, 추수감사절에 옆 집에서 육 개월만에 처음으로 요리를 했다는 것을 깨달았다. 왜냐하면 그날 저녁 그 집에서 칠면조를 굽기 시작하자마자 먹음직스러운 냄새가 우리 집 화장실 환풍기를 통해 넘어왔기 때문이다. 그 집에 육 개월간 살면서 단 한 번도 화장실에서 음식 냄새를 맡은 적이 없다. 나는 충격과 공포에 빠졌다. 그동안 이따금씩 끓여 먹던 라면과 김치볶음밥 냄새는 그렇다면 어느 집의 화장실 환풍기로 향했을까? 월요일 저녁 피곤한 몸을 이끌고 퇴근하여 샤워를 하는데 문득 풍겨오는 김치 탄 냄새…를 맡으며 그 혹은 그녀는 인생 정말 X 같다고 생각하지 않았을까?

돌아보면 뉴욕과 요리의 불가능한 궁합에 관한 몇 가지 추억이 있다. 윌리엄스버그에서 방을 하나 빌려 지낼 때 딱 한 번 베이컨을 구워 먹었던 적이 있다. 패션 잡지에서 일하던 룸메이트 아가씨가 보였던 원한에 사무친 표정이 아직도 잊히지가 않는다. 스테이크 굽는 연기에 화재경보기가 울려 퍼지는 아파트는 한두 군데가 아니었다. 전자레인지를 돌리면 온 집 안의 전기가 차단되던 LES의 스튜디오는 또 어떤가. 그리하여 나는 궁금해지기 시작하는 것이다. 도대체 뉴욕에 사는 사람들은 뭘 어떻게 먹고 사는 것일까?

자체적으로 연구한 바에 따르면 이곳 사람들은 집에 있을 때 대체로 샐러드나 포장음식 혹은 전날 식당에서 먹다 남아 싸온 음식들을 전자레인지에 돌려 먹는다. 일주일에 세 번은 혀가 델 듯 뜨거운 국물 음식을 먹어야 혈액순환에 문제가 없는 나로서는 파탄적이라 할 만한 식습관이다. 이렇게 편리한 식습관을 가진 사람들로 가득하기 때문인가, 언뜻 무한한 음식 선택의 가능성으로 가득한 이 도시에서 진정 먹는 것의 기쁨은 기이할 정도로 부족하다. 미치게 만드는 독한 커피라면 얼마든지 사 마실 수 있지만 적당한 맛의 커피와 휴식을 제공하는 동네 커피숍은 존재하지 않는다. 동네 빵집들의 수준은 '내가 이러려고 여기까지 와서…'라는 생각이 절로 들게 한다. 왜 유명하다는 프랑스빵집들의 크루아상은 그 모양인가? 왜 뉴욕의 명물이라는 베이글 맛집은 이다지도 희귀한가? 한식당으로 가득한 케이타운에 번듯한 김밥천국 하나 없는 이유는? 하지만 무엇보다, 뒤에서 길게 고찰하겠지만, 왜 뉴욕의 백화점 지하에는 푸드코트 대신 향수가게가 있는걸까?

가끔 한국에서 가져온 외할머니표 된장으로 된장찌개를 끓여먹을 때가 있다. 너무 맛있어서 기분이 좋아지다가도 된장찌개 냄새로 넘실댈 누군가의 욕실을 생각하며 부끄러워진다. 이따금 유기농 채소에 구운 소금과 올리브유를 뿌려 저녁 대신 먹는다. 디저트는 에비앙 한 컵과 비타민 두 알. 기분이 좋지도 나쁘지도 않다. 한마디로 평온하다. 아무 냄새도, 자취도 남기지 않고 내 뱃속으로 깔끔하게 사라진 채소들에 대해 생각해본다. 건강에 좋겠지. 피부 결이 개선되고…. 그래, 그럴거야. 내일 아침엔 상쾌한 기분으로 잠에서 깨어나겠지. 그렇겠지. 좋다, 그렇다면. 이 멋진 도시에서 나는 갱신되고 있는 걸 테니까…

K

하지만 나는 결국 갱신되는 것을 포기했는데, 왜냐하면 한식을 너무 좋아한다는 사실을 깨달았기 때문이다. 왜 한식을 좋아하는가? 간단하다. 맛이 있기 때문이다. 미국의, 특히 뉴욕의 성공한 인간들은 맛이 뭔지 전혀 모른다. 그들은 커다란 버거를 베어 물거나, 피로 흥건한 고깃덩어리를 가르거나, 혹은 다이어트콜라로 대충 허기를 달래고 사나운 짐승이 되어 뉴욕이라는 정글로 뛰어드는 것이다. 만약 내가 정상적인 프랑스인이나 이탈리아인이었다면 뉴욕에 도착하는 순간 엉엉 울기 시작했을 것이다. 심지어 한국인인 나도 울게 만드는 망할 놈의 뉴욕 음식, 음식이라 부를 가치도 없는, 비둘기 모이 같은 샐러드, 고양이 사료 같은 도시락 혹은 미슐랭 별 한 개짜리 실험 음식에 질릴 대로 질려버렸다. 나는 한식이 너무나도 그리웠다. 만약 내가 지내는 곳이 뉴욕이 아니라 그리스 남부였다면 다르지 않았을까? 매일매일 신선한 그릭 샐러드에 고소한 생선 튀김을 먹으면서 한식 따위 잘 가시오, 외치지 않았을까? 하지만 뉴욕에서는 불가능하다. 미련으로 가득한 이혼남처럼 한식을 향한 집착을 멈출 수가 없다. 마침내 나는 멋진 뉴요커 되기 프로젝트를 완전히 포기했다. 단지 제육볶음과 된장찌개를 정기적으로 먹지 않으면 미쳐버릴 것 같다는 정신적, 신체적 결함 때문에!

나는 결국 인정하는 수밖에 없었다. 한국에서 먹던 바로 그 맛이 아니면 안 된다. 케이타운에서 파는 정체불명의 불고기 런치박스로는 부족하다.

정녕 치욕적인 깨달음이었다.

다행히 치욕의 대가는 달콤했다. 아무 음식에나 김치와 된장을 곁들일 자유를 얻게 된 것이다.

그렇다. 나는 자유로워졌다. 그러나 그것은 위태로운 자유였다. 주말마다 제대로 된 한식을 먹으러 한국으로 비행기를 타고 갈 수는 없지 않은가. 하여 플러싱을 찾는 습관이 생겼다. 펜스테이션에서 이십 분이면 도착하는 머레이힐 역 근처에는 한식 맛집들이 모여 있다. 거하게 점심을 해결한 뒤 부른 배를 두드리며 플러싱 메인스트리트쪽으로 걷다 보면 퀸즈도서관이 나타난다.

퀸즈도서관 앞은 만남의 광장. 즉, 케이팝의 발상지.

주제와 상관이 있는지 모르겠지만 플러싱 메인스트리트는 정말 신기하다. 동북아적 국제성이 흘러넘친달까? 사우스 코리아와 차이나의 가상의 국경 지대로서 2000년대 중국의 비상과 케이팝의 성공 신화가 사이좋게 공존하는 곳. 그곳에는 미국이 거의 없다고 볼 수도 있다. 아니 미국이 너무 많다고 봐야 하는 걸까?

모르겠다. 솔직히 혼란스럽다.

혼란에 자주 빠져드는 것은 좋지 않다. 분명히 뇌에 큰 타격이 있을 것이다. 그리고 뉴욕의 나는 그야말로 혼란의 쳇바퀴에 딱 갇혀버린 햄스터 꼴. 분명히 뇌에 큰 타격을 입고 있는 것이다. 어떻게든 손상을 만회하기 위해 민족주의적 해법을 시도해보기로 했다. 생애 최초로 김치를 담궈본 것이다. 결과는 대실패였다. 김치에서 그런 맛이 날 수도 있나? 신기한 경험이었다. 아무튼 한식에 대한 집착을 약간은 누그러뜨려야 한다는 결론에 닿은 나는 빅토리아 시대의 부르주아 처녀처럼 원초적인 욕망을 억제하기 위해 노력했고, 그러자 한식에 대한 집착은 더욱 강해졌다. 왜냐하면 나는 뉴욕에 있었기 때문이다. 뉴욕에는 뭐든지 있다. 뭐든지 구할 수 있다. 너무나도 그런 것처럼 보인다. 새로운 한식집이 한 달에 하나꼴로 생겨난다. 하지만 무엇을 기대하든 실망할 것이다. 뉴욕에 차려지는 모든 식사는 관념에 불과하므로. 관념의 팽창은 조금의 허기와 갈증도 누그러뜨려주지 못한다. 반대로 점점 더 짙어져가는 갈망과 집착 속에서 제대로 된 한식의 꿈은 신기루처럼 나를 따라다녔다. 채워지지 않는 허기에 나는 지쳐갔다.

116

백화점 푸드코트 없음의 문제

일상에 지친 도시인들에게 백화점은 좋은 피난처다. 그곳에는 예쁜 옷과 구두가 있고, 근사한 식기 세트와 세련된 디자인의 진공청소기가, 수천 만 원짜리 시계와 목걸이가, 고급 크리스마스카드와 선물 상자가 있고, 맛있는 빵과 고기 그리고 근사한 푸드코트가 있다. 하지만 마지막 세 가지는 뉴욕의 고급 백화점에서는 구할 수 없다.

물론 뉴욕에도 슈퍼마켓과 푸드코트가 있다. 문제는 고급 백화점에 없다는 것이다.

얼마 전 바니스뉴욕 백화점이 망했다는 소식을 들었다. 이어 딘앤델루카 슈퍼마켓이 망했다는 소식도 들었다. 가련한 뉴욕의 두 고급 상점들이여! 만약 바니스뉴욕의 지하에 딘앤델루카가 입점해 있었다면 절대로, 절대로 두 상점이 연쇄적으로 망하는 일은 없었을 것이다. 왜 근사한 바니스뉴욕은 역시 근사한 딘앤델루카와 합쳐질 수 없었을까? 왜 두 선남선녀는 로미오와 줄리엣처럼 비극적인 결말을 맞이하게 된 걸까? 먹거리 대잔치를 열었어야 마땅한 백화점의 지하에는 왜 화장품 가게들로 가득했던 걸까? 음식 냄새가 백화점의 물을 흐린다? 가소로운 변명이다. 뉴욕은 세계의 명동이 아닌가? 명동에는 백화점이 있고 백화점 지하에는 푸드코트가 있다. 이것은 해가 동쪽으로 떠서 서쪽으로 지는 것과 같이 너무나도 명백한 사실이자 문명의 법칙이다.

마침내 여기, 오랫동안 가슴에 품어왔던 질문을 풀어놓는다. 뉴욕은 왜 문명을 거부하는 것일까?

문명이란 무엇인가? 좀 더 엄밀하게 물어서, 도시문명이란 무엇을 뜻하는가? 그것은 중심가에 있는 백화점에서 에르메스의 버킨백, 최고급 스테이크용 소고기와 와인 그리고 벨기에산 초콜렛과 북아프리카산 장미 꽃다발을 살 수 있는 생활양식을 뜻한다.

왜 버그도프굿맨은 남성용 건물과 여성용 건물을 구분해놓으면서 파스타 소스와 올리브유를 위한 건물은 짓지 않는가? 왜 삭스피프스 애비뉴에서는 프로슈토 햄과 부팔라 치즈를 살 수 없는 걸까? 왜 뉴욕의 고급 상점들은 풍요로움의 종합을 거부하는가? 도대체 왜?

나는 여기에 뉴욕의 진짜 비밀이 있다고 본다. 왜 뉴욕의 백화점은 푸드코트나 슈퍼마켓과 통합될 수 없는지 바로 그 지점에 말이다. 물론 가방끈 긴 뉴욕의 역사가들은 말하겠지. 뭐 어떻게 하다 보니까… 어쩌구… 그것은 언뜻 말이 되는 설명으로 느껴질 것이다. 하지만 정신 차려야 한다. 역사가들의 스마트한 설명은 왜 뉴욕의 고급 백화점 지하에서 오늘 저녁을 위한 양질의 먹거리를 구매할 수 없는지, 그 결과 뉴욕 사람들의 식사는 어떻게 황폐화되었는지 답해줄 수 없으며, 그저 그 황폐한 숲이 마약으로 가득 차게 된 비극적인 오늘의 현실을 감추기 위한 위장 전술에 불과하다.

나는 진실을 원한다. 물론 알다시피 뉴욕에는 진실이 없다. 뉴욕은 모든 사실이 왜곡되는 장소, 즉 미디어의 왕국이고, 왜냐하면 그런 편이 주식시장에 좋기 때문에.

바로 그것이 내가 미쳐가는 이유가 아니었던가? 아니라면?

나는 새로운 가설을 세워보았다. 뉴욕에서 먹었던 모든 음식에서는 완곡한 왜곡이 느껴졌다는 힌트를 따라서. 그것은 혹시, 정치적 올바름의 맛이 아닐까?

아하, 뉴욕의 고급 백화점에서 푸드코트가 불가능한 이유를 알겠다.

그것은 정치적으로 올바르지 않기 때문이다. 풍요로움을 종합하는 것은, 총체적 풍요란 비윤리적이기 때문이다. 그래, 이제 알겠다.

뉴욕에서 완벽한 풍요는 불가능하다. 올바르지 않기 때문에! 단지 그 이유 때문에! 빌어먹을 청교도놈들!

그리하여 뉴욕의 마천루들은 그 어디보다 완벽하게 올바른 방식으로 허공에 뜬 채 활활 타오르게 된 것이다.

고약한 동부의 가식자들, 주홍글씨의 후예들!

가장 미학적인 식사

어느 날 앤디 워홀이 쓴《앤디 워홀의 철학》에서 다음와 같은 구절을 발견한 나는 약간 안도할 수 있었다. "유럽에서는 뒤뜰에서 차를 마시는 것조차 근사하다. 하지만 뉴욕에서는 간단하지가 않다. 식당이 괜찮으면 음식이 별로다. 음식이 좋으면 조명이 별로다. 조명이 괜찮으면 환기가 나쁘다."

정리하자면 뉴욕에는 온갖 종류의 사람들이 있고, 그러니까 다양한 음식이 있고, 그들이 각자의 유니크한 음식세계로서 식욕을 돋울 것이라고 생각하면 오산이다. 뉴욕에서 파는 음식이란 국적기에서 제공되는 기내식 정도로 생각하면 옳다. 오스트리아항공에서 나오는 비엔나 슈니첼, 대한항공에서 나오는 비빔밥, 이탈리아항공에서 나오는 크림파스타… 물론 일등석과 이코노미석의 차이는 분명하고, 바로 그 차이를 수백 달러짜리 고급 식당과 수십 달러짜리 대중 식당에서는 확실하게 느끼게 해준다.

그렇다면 뉴욕의 진짜 매력은 가성비의 도시라는 것일까? 길가 푸드트럭의 3달러짜리 베이글 샌드위치부터 르버나댕의 300달러짜리 런치 코스까지 지갑 사정에 걸맞은 한 끼를 얼마든지 찾을 수가 있으니 말이다. 분위기를 따르겠다고? 그렇다면 풍성한 백발을 어깨 너머로 늘어뜨린 채 대나무처럼 꼿꼿이 앉아 브런치를 즐기는 부자 할머니들의 냉랭한 시선을 한없이 즐길 수 있는 어퍼이스트사이드의 오스트리아 식당에서부터 일요일 점심 외식 나온 중국인 가족들로 터져나갈 듯한 차이나타운의 딤섬 식당 그리고 훈남 훈녀들로 가득한 애비뉴A의 말레이시아 식당까지 다양한 선택지가 당신을 기다린다. 주말에 친구들을 초대하려는데 무슨 요리를 해야 할지 판단이 서질 않는다면 해산물로 가득한 첼시마켓, 최고급 이탈리아산 밀가루를 그 자리에서 반죽해 만드는 파스타 면를 구입할 수 있는 이탈리 그리고 중상류층 유대인 판타지로 넘실대는 시타렐라와 제이바스가 있다. 혹시 한식 파티가 하고 싶은가? 그렇다면 H마트가 있다. 하지만 도무지 집에서 단 한 발짝도 나갈 수가 없다? 클릭 몇 번이면 장 조지의 머서키친에서 파는 지옥처럼 달콤한 초콜릿 케이크를 이불 속을 뒹굴거리며 먹어치울 수 있다. 슬프게도 통장이 마음만큼이나 텅 비어 있다고? 그렇다면 그럽허브가 단 돈 8달러 99센트짜리 마파두부 런치세트를 문 앞까지 가져다 줄 것이다.

소문대로 뉴욕은 온갖 식당으로 가득하다. 가성비와 다양성, 분위기의 측면에서 완벽하다고 볼 수도 있다. 하지만 음식으로서의 음식에 대해서 논해보자면… 그런 것들을 인간들이 먹고 산다는 사실이 놀라울 뿐이다. 하지만 뉴욕에는 세계적으로 소문난 식당들이 있지 않나? 그들의 진짜 정체에 대해서도 앤디 워홀이 이미 말해 놓았다. "요새 뉴욕 식당가에는 새로운 경향이 생겼다. 음식이 아닌 분위기를 파는 것." 그렇다. 까다로운 뉴욕의 미식가들은 맛있는 음식에 관심이 없다. 관심이 없는 것을 넘어서 강력하게 반대하는 것이 분명하다. 그들이 바라는 것은 실제로 맛있는 음식이 아니라, 근사한 식사라는 관념 그 자체다. 모호한 관념적 이미지에 대한 실감 나는 체험이다. 그런 이유 때문인지 몰라도 뉴욕의 잘나가는 식당은 음식점보다는 테마파크에 가깝다. 입구에서 환한 미소로 맞이하는 것은 미모의 남미계 여자, 안내원은 축구선수풍 헤어스타일을 한 백인 남자, 접시를 나르는 것은 잘 차려입은 인도계, 빵을 가져다 주는 것은 명랑한 인상의 멕시코계 그리고 중요한 순간에 등장하는 연예인인지 정치인인지 헷갈리는 비주얼의 요리사. 마지막으로 긴장한 듯, 즐기는 듯, 혹은 고문당하는 듯 보이는 근사한 손님들. 상상 속의 코네티컷에서 온 듯한 중상류층 백인들, 공산당 고위 관료처럼 보이는 중국인과 그의 철없는 가족들, 나르코스 패밀리를 연상케 하는 남미에서 온 대가족… 우리의 식욕을 자극하는 것은 다름 아닌 저 온갖 종류의 인간들이다. 그렇다면 접시에 담겨 나오는 음식은? 그건 대체 뭘까? 먹어도 되는 거 확실해?

Dining Experience

"대단히 만족스러운 식사 경험이었습니다." 옐프^{Yelp}앱에서 사람들이 별 다섯 개를 주고 엄지손가락을 치켜세우며 늘어놓는 말.

그랜드센트럴마켓에서 훔치기

그렇다. 뉴요커들은 실제 음식이 아니라 음식을 둘러싼 관념을 먹는다. 커피라는 관념을 마시고, 빵으로서의 관념을 뜯어 먹고, 파스타라는 관념을 포크에 돌돌 감으며, 마침내 장보기라는 미친 게임에 참여하게 된다. 잠깐의 흥분이 식고 난 뒤 남는 것은 놀라운 가격이 찍힌 영수증과 정체불명의 식재료들⋯ (고백건데 뉴욕의 슈퍼마켓에서 장을 보는 것보다 더 초현실적인 활동을 경험한 적이 없다.)

뉴욕의 슈퍼마켓에는 온갖 차가운 꿈과 더러운 환상, 사악한 라이프스타일 사기꾼들이 들러붙어 있다. 즉, 맨해튼에서 장을 보는 것은 정말이지 미친 짓이다.

평일 오후 첼시의 홀푸드를 채우고 있는 멀쩡해 보이는 사람들, 평범해 보이는 일반인들이 사실 전혀 장보기에 관심 없다는 것을 나는 맨해튼 거주 삼 년 차, 즉 뒤늦게 깨달았다. 그들의 정신은 대체로 아주 멀리 가 있다. 그들이 깍뚝 썰기 된 소고기 안심 한 팩을 집어 들면서 무슨 생각을 할지 궁금하지 않은가? 적어도 뜨끈한 소고기 스튜에 대한 생각만은 아닐 것이다. 나를 믿어라. 그들이 그 신선한 고깃덩어리를 대체 누구에게 던져줄 생각인지 알면 깜짝 놀라고 말 테니까.

혹은, 내가 선반에 쌓인 요거트를 집어들 때 무슨 기분이 드는지 아는가? 솔직히 나도 알고 싶지 않다. 요거트 훔치기, 아니 장보기는 내가 뉴욕에서 갖게 된 가장 소박하고 미친, 즉 평균적인 뉴요커 취미 생활이다.

나의 최애 요거트는 블루베리맛 고트밀크 요거트와 블랙베리맛 시프밀크 요거트. 아메리칸체리맛 블랙시프밀크 요거트도 나쁘지 않다. 문제는 셋 다 품절일 때가 많아서 매일매일 떨리는 마음으로 슈퍼마켓을 누벼야 한다는 것이다.

가든오브에덴
시타렐라
웨스트사이드마켓
홀푸드
유니언마켓

딘앤델루카

이탈리

그랜드센트럴마켓

굽이굽이 슈퍼마켓의 스무 고개를 오르락내리락하는 사이 차례로 내 손에 들려지는 스마트한 요거트들.

나는야 맨해튼 최고의 요거트갱, 악명 높은 요거트 마녀, 유산균적으로 공포 그 자체.

이따금 인류 보편적인 의미에서의 장보기에 관심이 생기면 이스트빌리지의 선라이즈 슈퍼마켓에 간다. 그곳에서는 장보기가 놀라운 관념의 영역으로 점프하여 있지 않다. 선라이즈의 식료품들은 환각제 한 것처럼 총천연색으로 맛이 가 있지 않다. 그곳에서는 감자와 오렌지 그리고 바질과 청경채가 엉뚱한 이야기를 늘어놓지 않는다. 그 자체로 너무나도 감동적인 양파를 발견하고는 칸 영화제에 참석한 여배우처럼 기립 박수를 치고 싶어지거나, 복잡한 채소들의 리스트로 채워진 콜드프레스주스를 집어 들고는 〈배런스Barron's〉가 추천하는 주식 리스트를 훑어보는 주식 꿈나무가 된 기분에 빠지거나, 가득 쌓인 유기농 비누들에 둘러싸여 왠지 내일은 무한대의 시리얼을 섭취할 수 있으리라는 망상에 사로잡히지 않는다.

어쩌면 뉴욕의 슈퍼마켓은 신전에 가깝다. 하지만 뭘 기리는 걸까? 진지한 표정으로 장보기 활동에 몰두하는 신자들, 그들은 장보는 사람치고는 지나치게 차려입고 있다. 장보기를 마치고는 다시 광란의 거리로 나서야 하기 때문이겠지? 슈퍼마켓을 채운 현기증 나는 긴장감은 그들의 가득한 근심에서 비롯된 것이 분명하다. 높이 쌓인 아보카도 주위를 빙글빙글 도는 지금 이 순간이 이 도시에서 유일하게 가능한 영적 평화의 시간이라는 서늘한 진실, 그것이 슈퍼마켓을 화끈한 종교의 현장으로 만드는 요인이자, 신자들을 확산시키는 힘이자, 매일 새로이 밀려드는 개종자들을 시험에 들게 하는 절망의 핵심인 것이다.

개꿈(딘앤델루카를 추억하며)

아침 식사를 끝낸 A씨는 소호에 있는 딘앤델루카에 가기로 결심했다. A씨가 사는 집에서 딘앤델루카에 이르는 길은, 특히 라파예트 거리는 A씨가 뉴욕에서 가장 좋아하는 산책로다. 라파예트라는 프랑스풍 이름이 사치스러운 느낌을 전해주기 때문이다. 물론 이름과 달리 거리는 완벽하게 뉴욕풍이었으나, 멋없는 풍경과 대비되는 거리 곳곳에 들어선 아기자기한 상점들의 모양새가 더욱 신비롭게 느껴졌다. 걷다가 우연찮게 발견하게 되는 새로운 상점은 산책의 하이라이트였다. 상점에서 나오는 A씨의 손에는 언제나 앙증맞은 쇼핑백이 들려 있었는데, 그 결과 그녀의 화장대 위에는 포틀랜드에서 온 핸드로션, 이탈리아산 핸드메이드 비누, 브루클린에서 제작된 오가닉 소이캔들이 가득 쌓여 알프스산맥을 연상케 했다.

오늘의 전리품은 무엇이 될까? 오늘도 집을 나서며 A는 생각했다. 쇼핑중독자답게 그녀는 거리에 나갈 때마다 자신을 일종의 군인으로 생각했다. 위대한 소비자본주의를 파괴하려는 적들에 대항하는 작전을 수행 중인 영웅적인 군인 말이다. 물론 그녀가 의식적으로 그렇게 생각하는 것은 아니었으나 그녀의 의식 저 깊은 곳, 걸그룹풍의 순진해보이는 외모 아래에는 세상에서 가장 잔혹한 전사가 살고 있을지 누가 알겠는가?

하지만 불행히도 그간 영웅적인 전투가 너무 많이 자행되어서인지, 그녀의 입맛을 당기는 새롭고 멋진 상점을 발견할 수가 없었다. 그녀는 약간 낙담한 채 라파예트 거리를 빠져나와 브로드웨이 거리를 세 블럭 정도 거슬러 올라가보기도 했으나 이른 아침부터 관광객들로 점령된 거리 풍경에 압도된 그녀는 원래 목표였던 딘앤델루카로 얼른 쪽 들어갔다. 여느 때처럼 구석의 커피 바에서 미디엄 사이즈의 더블 라테를 주문한 뒤 가게 안을 둘러보기 시작했다. 찰리 파커의 재즈가 흘러나오는 실내는 평소와 같았다. '하긴, 하루만에 망가질 수야 없지!' 그녀가 생각하는 망가진다는 것의 의미는 아침 열 시 십오 분의 딘앤델루카가 관광객들로 완전히 점령되는 것이다. 관광객들로 점령된 뉴욕의 상점이란 일급 도굴꾼들이 털고 나간 이집트 왕들의 계곡이라 할 수 있다. 매일 뉴욕은 온갖 약탈꾼과 쓰리꾼에 의해서 마지막 먼지 한 톨까지 털리는데, 신기하게도 다음 날이면 아직 한 번도 햇빛을 쐰 일이 없는 파라오의 무덤처럼 완벽하게 보존된 상태로 깨어났다. 아무리 얻어터져도 절대 KO패를 당하지 않는 무적의 권투 선수처럼, 언제나 첫사랑을 시작하는 듯한 카사노바의 티 없는 미소처럼, 항상 순백으로 단정한 구글의 메인 페이지처럼 말이다. 하여 죽어 나자빠지는 것은 어설픈 침략자들일 터… 다행히도 평일 아침의 딘앤델루카에서는 그런 풋내기들이 아닌 진짜로 미친놈들을 간혹 발견할 수가 있었다. 예를 들어 저기 장바구니를 흔들거리며 지나가는 검정색 스웨이드 웨지힐 샌들에 올라탄 플래티넘 블론드 여자의 머리카락이 해변가풍으로 자연스럽게 떡진 정도라든지, 저 반대쪽 잼 코너로 들어서는 수상하도록 완벽하게 재단된 버건디색 벨벳 재킷을 입은 남자의 오스카 와일드풍 살인마 인상 같은 것은 언제나 A씨에게 깊은 영감이 되어주었다. 카페인을 충분히 흡수한 그녀는 완충된 아이폰처럼 매끈해진 인상으로 슈퍼마켓의 중앙으로 걸어 들어갔다. 그녀는 절반쯤 마신 라테 잔을 슬슬 흔들면서, 반미치광이가 되어가는 기분으로 다양한 종류의 감자들이 전시되어 있는 야채 코너로 향했다. 물론 그녀는 감자에 아무런 관심이 없었다. 감자라니! 모름지기 도시 전사들의 영양분은 커피, 레드 와인, 데킬라와 수면제가 1:1:1:1의 비율로 혼합된, 한 잔에 17달러짜리 브런치 칵테일이 아니겠는가!

그녀가 멍하니 감자들을 바라보며 명상에 잠기려는 찰나, 바로 옆, 푸른 야채들이 가득 쌓인 곳에서 익숙해 보이는 얼굴을 발견했다. 그녀는 자연스럽게 커피를 마시는 척하면서 그를 훑었다. 확실히 익숙했다. 예상보다 많은 털에 뒤덮혀 있기는 했지만 말이다. 그러니까… 그렇다면… 그는… LCD 사운드시스템의 리더인 제임스 머피였다.

아니, 왜 제임스 머피가 화요일 아침부터 소호 딘앤델루카의 푸른 야채들 앞에 서 있는 것일까? 그 또한 A와 비슷한 아침 산책 습관을 가지고 있는 것일까? 최근에 그가 새 앨범을 냈다는 사실을 그녀는 알고 있었다. 그녀가 그에 대해서 속속들이 알고 있는 이유는 그녀의 첫사랑이자 유일한 연애 상대였던 N이 그의 광팬이었기 때문이다. 그녀는 그가 생각나서 괴로워질 때마다 제임스 머피의 최신 뉴스를 찾아 읽는 부끄러운 습관이 있었다. 바로 그 제임스 머피가 그녀 앞에서 있는 것이다. 그녀는 혼란에 빠졌다. 이자는 정말로 제임스 머피인가? 혹시 변장한 N이 아닐까? 하지만 나에게 있어, 그 둘의 의미나 가치가 뭐가 다른가? 다시 말해 N과 제임스 머피가 같은 사람일 수는 없는 걸까? 사실상 그녀는 한 번도 둘을 분리해서 생각해본 적이 없었다. 그것은 그녀의 N에 대한 독특한 복수였다. 그런데 하필이면 저 혼란스러운 작자를 여기에서 마주치고 만 스스로의 운명을 그녀는 개탄했다.

아아! A는 마음속으로 울부짖었다. 비극적인 톤이었다.

제임스 머피는 여전히 푸른 채소들을 응시한 채였다. 그녀는 조심스레 빈 라테 잔을 바닥에 내려놓은 다음, 그가 넋을 놓고 응시 중인 유기농 청경채 한 다발을 낚아채어 품에 안고 재빠르게 가게 입구를 향해 걷기 시작했다. 깜짝 놀란 제임스 머피가 신속하게 사라져가는 A의 뒷모습을 바라보았다. 멀어져가는 그녀는 진정한 광인으로 보였다. 한마디로 평일 아침의 딘앤델루카에 완벽하게 부합하는 아우라가 그녀를 감싸고 있었다. 아아, 그녀는 거의 딘앤델루카 그 자체로 보였다. 그 결과 그녀가 모두가 보는 앞에서 뻔뻔하게 계산대를 무시하고 가게를 빠져나가는 동안 아무도 그녀를 막을 수 없었다. 아무도 청경채 한 다발을 훔쳐서 달아나는 미치광이

소매치기를 막지 않았다.

'이것이 오늘의 전리품이다!'

찬란한 아침, 라파예트 거리의 햇살을 받아 빛나는 얼굴로 A는 생각했다. N이 그녀의 인생에 드리웠던 어두운 그림자가 깨끗하게 걷히는 순간이었다.

Shoplifting from Grand Central Market

결국 내가 말하고자 하는 바는 명확하다. 뉴욕의 닳고 닳은 라이프스타일 딜러들이 퍼트리는 소문과 달리 소비는 행운이나 혜택이 아닌 저주에 가까운 행위다. 무언가를 살 때마다, 당신은 한 가지씩 잃는다. 자유무역이 주장하는, 모두가 행복해지는 윈-윈 교환의 법칙은 사기다. 싸움의 법칙은 명백하다. 한쪽은 이기고, 한쪽은 진다. 한편은 얻고, 한편은 잃는다. 소비 행위는 명백하게 잃는 편에 속해 있다. 자해를 하듯이 카드를 긁고, 피를 흘리듯이 돈을 잃는다. 마침내 당신의 품에 들어온 여러 가지 엉뚱한 상품들, 그것들이 정말로 나에게 필요한 것일까? 생각하다가는 신기한 깨달음에 이른다. 그렇다면 훔치는 수밖에! 사는 것이 아닌, 약탈하는 수밖에! 왜 이제서야 깨달았단 말인가? 빼앗기지 않기 위해서라면 빼앗아야 한다는 것을. 철없던 나는 마침내 세상의 진리를 손에 넣었다. 어떻게든 훔쳐내야 한다. 그렇지 않으면 손에 쥐었던 것조차 탈탈 털리게 될 테니까. 정당한 거래? 평등한 교환? 세상에 그딴 게 존재할 리가 없다.

부자들은, 그들이 진정한 부자라면, 놀랍도록 공짜에 집착한다. 너무나도 좋아하여 미디어에 폭로되는 망신을 당하고, 또 법정으로 끌려가기도 하지만 도대체 공짜를 향한 광기를 멈추지 못한다. 그 이유가 오랫동안 궁금했는데 이제는 알겠다. 그들은 빼앗기고 싶지 않은 것이다. 조금도 잃고 싶지 않은 것이다. 단지 돈이 아니라, 돈을 지불할 때 함께 빠져나가는 그 무언가, 인간의 영혼에 절대적으로 필요한 어떤 독특한 요소들, 바로 그것을 그들은 지키고 싶은 것이다.

빌어먹을!

나는 이제 구두쇠의 심정을 전적으로 이해한다. 그들은 너무나도 민감한 존재들인 것이다. 잃는 것을 너무나도 견딜 수가 없는 나머지 뭐든지 훔치고, 빼앗고, 광적으로 공짜를 탐닉하고⋯

결국, 사지 않을 권리란 훔쳐도 되는 권리일까?

모르겠지만, 단 한 푼도 들이지 않고, 이 극악무도한 도시를 손에 넣고 싶다. 이 더럽게 비싼 도시를 통째로 훔쳐 아주 멀리 달아나고 싶다.

이것은 좀 더 소박한 고백이라고 할 수 있다.

물론 완전히 바보 같은 고백이다.

현실에서 탈탈 털리고 납치되어 헐값에 팔아치워지는 것은 전적으로 내 쪽일 테니까.

III

내전 전야

2016년 11월 9일, 미국 대선 다음 날 아침 매디슨스퀘어파크 옆 프랑스 식당은 부유해 보이는 백인들로 가득했다. 그들은 어느 때보다 조심스럽게 행동했고, 작게 속삭였다. 저들도 트럼프를 뽑았을까? 알 수 없다. 아무도 트럼프에 대해 말하지 않았다. 그날 뉴욕의 백인들은 유난히도 좋은 백인들 분위기를 풍겼다.

식당을 나와 지나친 뉴스쿨 앞에서는 학생들의 시위가 있었다. 그들은 트럼프의 당선 소식에 절망하는 중이었다. 그들의 표정은 공포로 가득했다. 저들이(트럼프가) 우리의 세계를 빼앗아갈 것이다. 우리는 쫓겨날 것이다. 그것은 원초적 차원의 공포였는데, 바로 그 공포가 지금의 세계를 움직이는 동력이다. 트럼프를 뽑은 사람들도 정확히 같은 이유로 트럼프를 뽑았다. 적들이 우리의 것을 강탈한다, 우리는 내쫓기고 있다. 그에 대한 공포가 세계를 일종의 전쟁으로 몰아가고 있다. 양편으로 갈라선 사람들은 똑같은 공포의 감정을 공유한다. 하지만 왜 그들은 한편이 되지 못하고, 반으로 찢겨 있는가? 왜 저들은 나의 적이고, 왜 당신은 나의 편인가?

*

트럼프의 당선 소식이 전해지고, 한국의 친구들에게서 속속 도착한 연락의 내용은 비슷비슷했다. 정말로 트럼프가 되었다니 하는 놀라움과 미친놈이 대통령이 되었으니 어떡하냐는 걱정이 주를 이루었다. 하지만 막상 뉴욕에서 지내고 있는 나는 그렇게 놀라지도 걱정되지도 않았다. 그것은 엄청난 현실 오판과 긍정주의에서 비롯된 것이 아니고 반대로 현실에 대한 지나친 비관주의에 의한 것이었다. 내가 겪은 미국은 대통령이 조지 부시건 버락 오바마건 상관없이 배타적이고 차별적이고 불평등한 나라였다.

모두의 희망이었던 버락 오바마는 미국의 문제를 약간이라도 해결했는가? 아니, 오바마 정부의 최대 성과는 2007년 경제위기의 주범이었던 금융회사들을 살려내어, 거대한 회사들은 무슨 짓을 해도 절대 망하지 않는다(too big to fail)

는 교훈을 젊은이들에게 심어준 것이다. 경제위기 이후 미국이 마련한 경기부양책은 실리콘밸리를 라스베이거스로 만들었다. 흘러넘치는 돈들이 서부와 동부의 소수 대도시로 빨려들어가 부동산 업계를 부풀렸다. 샌프란시스코나 뉴욕, 시애틀 같은 부유한 도시는 달러에 중독된 정키가 되었고, 뉴욕 다운타운은 돈 중독자들이 카페인 기운에 의지해 이리저리 쏘다니는 좀비들의 벌판으로 완성되었다. 무한 수혈되는 자본에 의지하여 놀라운 속도로 부풀어 오른 도시에 서식하는 혜택 받은 중산층들은 민주당 깃발 아래 이상적인 사회상에 대해 이러쿵저러쿵 헛소리를 늘어놓는 습관에 빠져들었으며, 그러는 사이 애플과 넷플릭스, 구글과 페이스북이 장악한 인터넷 세상은 사람들을 각자의 뽀샤시한 거품 세계에 가두어놓는 데 성공했다.

*

언젠가부터 신문 읽기를 포기했다. 왜냐하면 죄다 거짓말이라는 것을 깨달았기 때문이다. 진짜 정보는 길바닥에 뿌려져 있었다. 뉴욕의 거리를 걸으면 사람들이 왜 힐러리를 혐오하는지, 왜 트럼프를 원하는지 감각적으로 느낄 수가 있다. 하지만 사람들은 눈이 먼듯 타인들이 보내는 신호를 외면한다. 매일매일 뉴스피드에 뜨는 뉴스에 경악할 뿐, 아무것도 보지 않은 채 달콤한 자신만의 거품 속에 산다. 무지갯빛으로 영롱하게 빛나는 근사한 비누방울 거품 속에서 자신만의 감정에 취해 있을 뿐, 절대로 거품 밖의 세계에 관심 갖지 않는다.

인터넷과 티브이, 스마트폰 화면 속 쏟아지는 이미지와 문자들은 사람들이 계속해서 그런 상태에 머물 수 있도록 도와준다. 이미 19세기에 발자크가 소설 《잃어버린 환상》을 통해서 실감나게 그려냈듯이 뉴스란 만들어내는 것이다. 신문과 방송이 진보와 보수를 파는 것은 장사가 잘되기 때문이다. 하지만 그것이 순전한 장사라는 것을 이해하는 사람은 많지 않다. 아니 이해한다고 하더라도, 그 시니컬한 진실을 대면할 만큼 무모한 인간은 거의 없다. 미디어에서 일하는 사람들은 누구보다도 자신들이 만들어내는 거품 환상에 취해 있다. 다단계 회사의 말단이 회사의 비전을 맹신하듯이, 왜냐하면 그 비전이 터질 듯 부풀어 올라 멀리 퍼져나가는 것이 유일한 성공의 길이기 때문이다.

망해가는 회사의 주식을 구입한 뒤에, 그 회사가 사실은 망하지 않고 잘나가고 있다고 믿으며, 그 믿음을 효과적으로 전파하여 마침내 모두가 그 망한 회사가 망하지 않았다고 믿는 데 성공하면 그 주식은 폭등할 것이라는 과감한 사기꾼식 계산인 것이다.

이렇듯 사람들의 과감하고 이기적인 셈법 덕에 미국의 미디어는 헐리우드를 능가하는 꿈의 공장이 되었다. 〈뉴욕타임스〉와 CNN의 이미지와 문장 속 깨알같이 채워진 지적이고 고상한 태도들을 잘 들여다보면 그들이 완전히 다른 왕국에 살고 있다는 것을 알 수 있다. 모두가 믿으면 기적이 벌어지는 위대한 성, 그 미친 성의 소식을 스물네 시간 펌프질하는 소셜미디어라는 든든한 파이프라인을 통해 신기루 세계는 더욱 확장해나간다.

어떤 사람들은 이 광기의 시스템을 통해 엄청난 이득을 취한다. 그 이익을 극대화하기 위해서는 더 많은 사람들이 계속해서 더욱 말도 안 되는 환상 속으로 젖어 들어야 한다. 더욱 황폐화하는 세계를 유지하기 위해. 더 많은 돈과 권력을 위해. 혹은 그저, 사람들이 계속해서 멍청한 꿈으로 젖어들다가 어느 날 그 꿈에서 깨어났을 때 너무 놀라 꽥 죽어버리는 광경을 보고 싶어 하는 걸까?

소수의 승리자들을 위해서 세팅된 환상적이고 기이한 연극 무대로서의 21세기 미국 대도시들. 오바마가 주최했던 백악관 만찬회처럼 쿨해진, 역시 오바마의 파티 매너만큼이나 세련된 애티튜드를 가진 도시의 연기자들, 그들의 역할은 모든 쿨하고 세련되지 못한 것을 경멸하는 것이다. 즉, 부유하지 않은 모든 것을 혐오하는 것. 밑바닥 사람들을 향한 경멸과 혐오만이 정의로 향하는 길이라는 듯, 매 챕터 더욱 그로테스크해지는 무대와 더욱 포토제닉하게 변해가는 배우들. 하지만 그 유혹적인 이미지에서 딱 한 발만 떨어져서 보면 새로운 연극에 적응하지 못한 수많은 탈락자들이 눈에 띈다. 오래전에 오디션에서 탈락해버린 루저들, 한때 그들도 존경받는 명배우의 꿈을 꾸었을까?

괜찮은 직업과 멀끔한 외모, 적당히 친근한 태도를 갖춤으로서 완벽한 스몰토크를 구사할 수 있는 일부 사람들 외에는 초긴장의 상태. 오디션에서 탈락한 배우들은 어떤 곳에서도, 그 누구도 원치 않는다.

하여 그들은 사라진다.

어디로?

어떻게 된 걸까?

뉴스의 헤드라인에는 아편계 진통제의 전국적 확산과 자살율의 증가에 대한 이야기가 간간이 흘러나온다.

이것이 내가 트럼프 0년의 뉴욕에서 목격한 것이다.

트럼프의 당선에 호들갑 떨던 많은 사람들은 저 세련되

어진 오바마의 미국, 그 멋진 무대에서 살아남은 배우들이다. 적당히 쿨한 사람을 연기하는, 타락한 부자와 권력자들을 경멸하는, 누구보다 정의로우며 동시에 우아한 소시민들. 주말이면 광장에 서는 파머스 마켓에서 유기농 채소를 구입하는, 와인 잔을 만지작거리며 다듬어진 언어로 인종차별과 테러리즘을 걱정하는, 하지만 식당에서 나와 길에서 마주치는 답 안 나오게 머저리 같아 보이는 촌놈에게는 즉시 사나운 시선을 내리꽂는… 좋았겠지? 저 야만적인 촌놈들이 선거에서 자신들과 마찬가지로 동등하게 한 표를 행사할 수 있다는 사실을 깨닫기 전까지는 말이다. 자신과 완전히 비슷한 종류의 사람들을 제외하면 없다고 믿거나 혹은 없애버리기를 바라는 냉정한 인간들로 이 도시가 꽉 채워진 것은 단언컨대 트럼프가 도착하기 전에 벌어진 일이다.

*

"미치광이들 속에 섞이고 싶지는 않은 걸" 앨리스가 말했다.
"오, 하지만 어쩔 수 없어." 고양이가 말했다. "여기 있는 우리는 다 미치광이들이야. 나도 미쳤고, 너도 미쳤어."
"내가 미쳤는지 네가 어떻게 아니?" 앨리스가 말했다.
"미쳤고 말고." 고양이가 말했다. "아니라면 여기에 왔을 리가 없지."

　　　　　　　　＿루이스 캐럴, 〈이상한 나라의 앨리스〉에서

그래, 바로 그런 기분이다. 미치광이들 속에 섞이고 싶지는 않다는. 하지만 문제는 나 또한 미친놈이라는 사실이다. 그러니 잊지 마시라. 이 책 또한 통째로 미치광이에 의해 쓰인 무가치한 요설에 불과하다는 것을 말이다. 하지만 거기에도 진심은 있다. 가장 미쳐버린 미치광이라도, 아니 그렇기 때문에 더욱더, 미치광이들로부터 도망치고 싶은 것이다.

하지만 어디로 도망친단 말인가, 또한 어디로부터? 어디로 가야 하는가, 친구여, 요즘 들어 더욱 맛이 가버린 듯한 친구에게 물어보기로 한다. 사랑하는 친구여, 그대는 왜 하필이면 불타는 늪 쪽으로 향하는가? 뭐라고? 상관없다고? 이쪽으로 가든 저쪽으로 가든 온통 미치광이들로 가득한 불타는 늪일 테니까?

*

황홀하게 반짝이는 거짓으로 채워진 세계에서 사람들은 명백한 사실일수록 격렬하게 부정한다. 민주주의가 모두가 함께 만들어나가는 마법이라면, 그 마법은 더 이상 작동하지 않는다. 더 이상 타인들을 인정할 수 없게 된 사람들은 지금 지옥에 살고 있다. 지옥의 난민들인 그들이 오직 소망하는 것은 패싸움에서 이기는 것이다. 빼앗기지 않기 위해, 이기기 위해, 죽지 않기 위해. 죽이기 위해, 살아남기 위해, 우리의 목을 조르려는 적들을 처단하기 위해…

세상은 꾸준히 나쁜 쪽으로 향하고 있고, 그렇다면 앞으로 사람들은 스스로가 벌이는 온갖 징그러운 일들의 결과를 목격하게 될 것이다. 일련의 일들 앞에서 어떤 표정을 짓게 될까. 어떤 표정을 지어야 할까. 거울에 비친 스스로의 얼굴을 보고서도 경악하지 않을 수 있을까. 아니, 그게 자신이라는 것은 알아볼 수 있을까?

성큼 다가온 이 새로운 시대는 뭘까? 모르겠지만 확실한 건, 전쟁이 시작되었다는 사실이다. 바로 이곳, 우리들의 삶이 놓인 바로 그 자리에서. 어느 방향에서, 누구로부터 칼이 날아들지 알 수 없다. 보이는 것은 완전히 낯선 풍경, 그것은 몹시 오래된 세계. 이 미치광이 앨리스들의 세계를 헤쳐나가야 한다. 지도 없이, 구원 없이.

*

내전은 이미 시작되었다. 행운을 빈다.

우산 속 세계

옛날 옛적 인터넷이라는 이름의 천국이 있었다. 그곳에서 사람들은 카피레프트를 신조로 삼고 행복하게 살고 있었다. 그들은 각자의 홈페이지에서 왕 행세를 하면서 만족스러워했다. 바깥세상은 가볍게 무시했다. 그럴 만했다. 싸이월드, 프리챌, 마이스페이스 결국 다 망했다. 우리 소박한 왕들은 이 새로운 자유의 땅에서 영원한 평화를 누릴 것이다.

우리는 물론 이야기의 슬픈 결말을 알고 있다. 사람들은 왕이 되기를 포기하고, 각자의 DIY 움막을 버리고, 페이스북-구글-애플 연합이 지은 쾌적한 주상복합아파트로 이주하여 영원한 클릭질 노동 속에서 새로운 주식 부자들을 양산하는 데 삶을 바치고 있다. 알파벳(구글의 지주회사), 애플과 구글은 여전히 미국 주식시장의 가장 높은 곳에 자리 잡고 있다.

어쩌면 천국은 계속되는 중이다. 우리들은 인터넷을 통해 모든 것을 얻는다. 사람들을 만나고, 정보를 얻고, 물건을 사고, 교육을 당하고… 그 결과 인터넷 제국들의 몸집은 더욱 부풀어 올랐다. 그들은 우리의 인터넷 세상을 유지하고 보수해준다. 우리들의 삶을 더욱 안락하게 돌봐준다. 그렇다면 우리들은 인터넷 세상에서 계속해서 기분 좋게 살아가면 되는 걸까? 그런데 자꾸만 이상한 우산 속 세상에 살게 되었다는 생각이 드는 이유는 뭘까?

*

몇 년 전 나의 친구에게 애인이 생겼다. 그녀는 그를 파트너라 부른다. 나한테 그녀에 대한 아무런 사전 정보가 없다고 가정했을 때, 그 파트너라는 말을 어떻게 해석해야 할까? 그녀의 파트너는 남자일 수도 여자일 수도 있다. 애인일 수도 있고 배우자일 수도 있다. 섹스 파트너일 수도 있고 업계 동료일 수도 있다. 그녀의 말은 너무 적은 것을, 혹은 너무 많은 것을 의미해서 미개한 실수를 하나쯤 저지르지 않고서는 그녀가 뭘 말하고자 한 것인지 알아낼 수 없을 것만 같다. 여기서 미개한 실수란 그녀가 의미한 바가 너무나 궁금한 나머지, 촌스럽고 야만적으로, 다시 말해 직설적으로 이렇게 묻는 것이다. "남자 친구 생겼어?" "아, 결혼했구나." 아마도 최악의 사태는 이렇게 묻는 것이 아닐까? "파트너라니 무슨 뜻이야?"

물론 나는 그녀를 오랫동안 알아왔으므로 그녀가 그를 파트너라고 부르는 이유를 짐작할 수 있다. 그녀는 누구보다 교양 있고 세련된 현대인으로서(그녀는 브루클린에 산다) 복잡 미묘한 이슈들을 우아하게 가로지르기 위해서 최대한 중립 적인 언어를 사용하려는 것이다.

생각해보자. 이론상 우리가 사용하는 모든 일상 언어는 타인의 트라우마를 유발시킬 수 있다. 내가 무심코 내뱉은 우유라는 말이 건너편에 앉은 새침한 아가씨의 어린 시절 끔 찍한 기억(새엄마가 우유를 제대로 마시지 않는다며 얼굴에 뜨거 운 우유를 부어버린 일)을 떠오르게 할 수도 있지 않겠는가? 그 녀는 막을 새도 없이 발작을 시작하고, 부풀어 오른 혀가 그 녀의 기도를 막아 결국 꽥 죽어버릴 수도 있지 않겠나? 그런 끔찍한 일이 벌어진다면 어떡해야 한담. 내가 무심코 내뱉은 말이 누군가를 공황발작으로 몰아가거나, 혹은 자살이라는 결과를 낳는다면? 하지만 대체 무슨 말이 어떤 상황에서 누 구에게 문제가 될지 어떻게 미리 알 수 있단 말인가.

그러니 침묵해야 한다. 그럴 수 없다면 가능한 조심스럽게, 중립적이고 무해한 언어를 사용해야 한다. 모르는 타인들을 수시로 마주치게 되는 현대의 일상에서는 필수 불가결한 덕목이라 할 수 있다. 문제는 개인들 간의 소통이 이런 가벼운 마주침을 넘어서야 할 때다. 중립적인 언어로 대화하는 것은 모든 모서리에 쿠션을 대놓은 아기의 방에서 생활하는 것과 비슷하다. 아무런 충돌이 없다. 위험하지 않다. 하지만 모든 아이들은 언젠가 어른이 된다. 사회는 유치원이 아니고, 성인들 간의 의사소통은 엄마와 아이 사이에 이루어지는 인내심으로 가득한 부드러운 대화일 수 없다. 이런 현실을 무시하고 인간들의 소통을 오직 안전한 우산 아래에 가두어두겠다는 발상은 불순물의 완벽한 제거를 향한, 절대적인 통제를 위한 전체주의적 강박으로 연결될 수밖에 없다.

물론 안전한 세계를 향한 인간들의 염원은 원초적이고, 자연스럽다. 게다가 발전하는 테크놀로지는 절대통제 속 절대평화를 단지 상상이 아니게 해준다. 모두의 손에 스마트폰이 들려진 요즘, 사람들은 언제든 어디서든 목격되고 감시되고 추적된다. 그렇게 수집된 정보는 시간과 장소의 제약 없이 공유된다. 그 결과 중국은 싱가포르와 같이 작은 나라에서나 가능했던 밀도 높은 사회 통제를 꿈꿀 수 있게 되었다. 몇 년 전 윤곽을 드러낸 사회신용시스템이 그 꿈의 일부를 보여준다. 물론 국가 규모의 신용시스템은 이미 여러 나라에서 운용되고 있다. 하지만 기존의 신용시스템이 개인과 기업들의 경제적 활동에 국한되는 것과 달리 중국은 국민들의 사회경제적 정보를 통합적으로 수집하여, 개개인의 사회적 존재 자체를 완벽하게 장악할 수 있기를 꿈꾼다. 조지 오웰이 《1984》에서 그려보였던 딱 그런 전체주의의 비전이다.

하지만 전체주의 사회가 《1984》의 오세아니아 제국이나 히틀러의 제3제국 같은 극단적인 형태로만 나타나야 하는 것은 아니다. 조지 오웰과 비슷한 시기를 살았던 올더스 헉슬리는 《멋진 신세계》 그리고 중세 말기 프랑스의 광기 어린 마녀사냥을 배경으로 한 《루덩의 악마들The Devils of Londun》을 통해 전체주의의 또 다른 양상들을 추적했다. 한편 거의 평생을 캘리포니아에서 보낸 소설가 필립 K. 딕은 20세기 중반 캘리포니아의 경찰국가적police state 현실을 독창적인 이미지들을 통해서 폭로했다. (자전적 소설인 《스캐너 다클리》에서 등장인물들의 약물중독에 의한 파라노이아의 배경에는 경찰국가로서의 숨막히는 천국 캘리포니아가 있다.) 러시아 출신의 철학자 알렉산더 코제브는 동물이라는 독특한 개념으로 1950년대 미국에 펼쳐진 새로운 전체주의적 질서를 묘사하기도 했다.

어쩌면 전체주의적 비전은 인류의 가장 오래된 친구이자 인류 역사의 어두운 동반자라고 할 수 있다. 《열린사회와 그 적들》의 저자 칼 포퍼는 히틀러가 등장하며 20세기 최악으로 치달았던 전체주의적 파국의 뿌리를 찾아 플라톤까지 거슬러 올라간다. 히틀러와 스탈린이라는 두 괴물의 등장 이후, 사람들은 웬만한 상황에서 파시즘의 냄새를 맡기 시작했다. 교양 있는 소시민들이라면 누구든, 현명한 시민들이 넋을 놓고 있는 사이 똑같은 얼굴을 한 광기 어린 무리들이 나타나 세상을 부수어놓을지도 모른다는 공포를 지니고 있다. 하지만 대체 누가 '현명한 시민'이고 누가 '광기 어린 무리'인가? 누가 누구를 부수는가? 혹시 진짜 현실에는 '현명하고 광기 어린 시민 무리' 한 가지 종족만 존재하는 것은 아닐까?

*

실리콘밸리는 필립 K. 딕이나 윌리엄 버로스, 토머스 핀천의 작품 속에 등장하는 추악한 비전, 환각제가 만들어내는 끔찍한 배드트립bad trip 속에서만 온전한 맨얼굴을 드러내는, 잘 위장된 전체주의 사회로서의 캘리포니아가 만들어낸 최고의 작품이라 할 수 있다. 그곳은 살기 좋다. 날씨가 온화하고, 풍요롭고 깨끗하며, 부유하고 안전하다. 즉, 더럽고 가난하며 사납고 위험한 것들이 철저하게 제거되어 있다. 세련된 교양인들의 대화에서 무례하고 무식한 단어들이 사려 깊게 뿌리 뽑혀 있는 것처럼 말이다. 물론 그 제거는 제3세계 독재국가에서처럼 무식한 방식으로 이루어지지는 않는다. 실리콘밸리의 집값과 물가는 말도 안 되게 비싸다. 즉, 돈이 없는 사람들은 자동적으로 솎아진다.

    a. 미치도록 비싸고 화창한 동네에 자를 대고 이렇게 저렇게 선을 그어보자.
    b. 게임 심즈The Sims 스타일의 유토피아가 짠 하고 탄생.
    c. 그 프로토 타입을 샌프란시스코에다가, 로스앤젤레스에다가, 시애틀에다가, 또 뉴욕에다가 욱여넣어 본다. 아님 말고. 근데 싫으면 네가 손해, 라는 식으로 쿨하게.
    d. 사람들이 기를 쓰고 올라타기 시작한다. 뒤쳐지면 뒈지니까.
    e. 성공!

    새로운 심즈 마을의 주민들은 바쁘다. 모든 게 너무 쉽고 빠르고 또 많기 때문이다. 그 수많은 라이크와 리트윗, 전송 또 재전송, 포워딩과 카피. 클릭 몇 번으로 장을 보고, 이사 갈 동네를 둘러보고, 비행기를 예약하고… 너무나도 쉽고 많고, 또한 너무 빠르다. 하여 더 자주, 더 많이 클릭, 더 빨리, 더 많이 결정, 더 많이 만나고, 더 많이 돌아다니다가는 결국 더 쉽게 욱하게 된다. 참을성 따위 촌스러우니까 쓰레기통에 던져버리고, 저 드라마는 지루하니까 삭제, 이 사람은 나쁜 놈이니까 언팔, 신상 티셔츠가 품절되기 전에 주문 완료. 더 빨리, 더 많은 것을 하기 위해 더 많이 벌고, 더 많이 만나고, 그러니까 더, 더, 더 빨라져야 한다.

트럼프의 당선으로 막을 내린 미국 대선 티브이 토론회에서는 화면 아래 실시간으로 트위터 멘션들이 전해진다. 즉각적으로 비난하고, 옹호하고, 비꼬고, 감동하는 사람들의 코멘트가 시간 차 없이 시청자들을 공격한다. 화면에 비치는 것들에 대해서 시청자는 숙고할 시간이 없다. 이 의견 저 의견을 따라 파도처럼 요동하다가는 금세 지쳐버린다. 완전히 지친 채, 끝없이 업데이트되는 화면을 바라보며, 빙빙 도는 머리로 생각하기 위해 애쓴다. 이 산만한 쇼랑, 투표소 칸막이에 들어가 맘에 드는 이름 체크하는 행위가 도대체 무슨 관련이 있단 말인가?

그리하여 도달하는 결론: 하, 쇼하고 있군!

힐러리: 그에 대해선 단 하나도 칭찬할 것이 없네요.
트럼프: 메스꺼운 여자!

ADHD 환자처럼 배회하는 카메라와 그 카메라 꽁무니를 쫓아 정처 없이 어슬렁대는 후보자들, 휙휙 지나가는 트위터 참견질, 질세라 이어지는 중계자의 코멘트, 그러다 불쑥 튀어나와 묻는 목소리. 뭘 선택하실 건가요? 블루베리 맛? 아님 바닐라 맛?

— 아하, 저는 블루베리 맛이요. 지난 주말에도 블루베리 팬케이크를 먹었구…
— 바닐라 맛에 진짜 바닐라는 몇 퍼센트나 들어갔나요? 유기농 인증 받았나요?
— 석류 맛은 없나요? 저는 둘 다 좀 별루…
— 그런데 뭔데요? 블루베리 맛 뭔데요? 요거트? 아이스크림?

그야 저도 몰라요! 요거트든 아이스크림이든 국밥이든 케이크이든 아무도 관심 없다. 어쨌든 골라야 해. 위급하고 중요한 시민의 의무라고 하더라니까? 늦기 전에, 얼른, 찬성하거나 빨리 반대해. 저기 저기 블루베리파가 지나가고 있잖아? 이어서 바닐라파가 올 거야. 얼른 누구를 따라갈지 결정해야 해. 안 그러면 밟혀 죽게 될 테니까. (그런데 혹시나 해서 말인데, 우리는 블루베리로 결정했어.)

*

　선택의 의미는 그러니까 아무튼 바닐라를 선택하면 밟혀 죽을 것이라는 얘기인 듯하다. 누구에게? 우리 자랑스러운 미디어 일진들에게, 다시 말해 광기 어린 현명한 시민 무리들의 대변자들에게. 그들이 우리를 사랑스러운 아기방에 영원히 머물게 해줄 거라 약속했어. 그러니 따라야 해. 그 흐름에 반대하는 많은 사람들이 항의의 의미로 침묵을 택했다. 선거 막바지까지 많은 사람들이 조개처럼 입을 꽉 다물고 있었다. 아무리 흔들고, 소금물에 푹 담갔다가 펄펄 끓는 물에 획 던져넣어도 꽉 닫힌 그 입은 열리지 않았다. 이리저리 몰려다니는 사람들 틈에서 한발 물러선 그들은 어쩌면 자신들이 완전히 버려졌다 느꼈을지도 모르겠다. 놀랍게도 인터넷 세계는 그들의 존재를 몰랐다. 그리고 몰랐으므로, 없는 것이라고 단언했다. 깜깜한 밤, 타오르는 태양에 대해 세 번 부정하듯, 그들은 내일 아침이면 들통날 바보 같은 아이디어들을 진짜라고 우겼다.

　다시 말해 그들은 놀라운 고집을 가졌다.

　응, 걔는 요가 레깅스를 샀으니까, 곧 새 러닝화가 필요하겠지. 구글 광고판에 새로 나온 나이키 러닝화 광고를 띄우자.

음, 걔는 브라운대를 나왔으니까 채식에 관심이 많을 거고, 그렇다면 금요일 밤에 틀림없이 넷플릭스에서 드라마를 보고 있겠지.

아아 우린 너를 알아.

완벽하게 알아.

그러니까 너를 위해 우리가 가장 좋은 결정을 내려줄게. (블루베리라고 말해.)

그 새로 나온 러닝화를 사. (블루베리라고 말하라고.)

그리고 넷플릭스를 켠 다음… (블루…)

그러고 나서… (베리…)

아 쫌 말하라고!

늦게나마 솔직히 털어놓자면, 중학교를 졸업한 지가 언젠데 갑자기 어설픈 중2병 일진들에게 둘러싸인 느낌, 정말이지 그런 몹쓸 기분이다. 하지만 내 기분 따위와 상관없이 저 블루베리 일진들은 여전히 세상 모든 것을 안다며 자신만만하다. 하지만 그래서 결국 아무것도 모르게 된 진짜 사실에 대해서는 대체 무슨 입장인지 궁금하다. 브렉시트, 트럼프, 소고기와 석유… 모피코트… 북극곰… 오 세계가 멸망하고 있다… 오… 그러니까 대체 왜 그들은 바닐라 맛을 선택한 거냔 말이야. 여기 이렇게나 몸에 좋은 유기농 블루베리 맛이 잔뜩 있는데…? 대체 왜? 세상이 망했으면 하는 걸까?

(절망하며) 빌어먹을 바닐라 녀석들! (혹시 인생이란, 원래 이렇게 구질구질한 걸까?)

찝찝한 기분 속에서 다들 화가 나기 시작한다. 파는 사람도, 사는 사람도, 홍보하는 사람도 아무 관심도, 상관도 없는 문제에 대해서 언제까지나 집착해야 하는 걸까? 아무런 차이도 아무 선택권도 없는, 그저 이름뿐인 문제들에 대해서 왜 자꾸 귀찮게 하는 거지? 왜 자꾸 이 편이냐 저 편이냐, 이 편이 되라 저 편이 되라 강요하느냔 말이지!

— 당신은 브렉시트에 찬성하나요?
— 당신은 미중 무역전쟁에 대해 어떤 의견을 갖고 있죠?
— 당신은 사회주의를 원하십니까?
— 당신은 트럼프를 지지하나요?

알고 있다. 질문 역시 쇼에 불과하다는 것을. 답은 정해져 있으니 너는 대답만 하면 돼. 물론 말로는 당신에게 결정권이 있다고 하겠지. 귀 기울여 듣겠다고… 아하, 그래요? 그렇다면 아까 먹은 소고기 타코가 맛없었으니까 저 사람 좀 패고 싶어. 당연히 모르는 사람이지. 나한테 잘못한 것도 없어. 아무튼 내 의견은 그래. 듣고 싶다고 했잖아?

어차피 정해진 답, 그것만은 피해보기 위해 사람들이 청개구리가 되는 으시시한 광경. 원하는 것을 말해보라면서요? 그렇다면 한번 이 도시를 불태워볼까요? 네, 정말이지 활활 타오르는 꼴을 좀 보고 싶군요!

— 정말이지 몽땅 타 죽어가는 꼴을 좀 보고 싶군요!
— 정말입니까, 아니면 농담입니까?
— 신념입니다만! 결국 모든 것은 쇼에 불과하다고들 하잖아요?
— 하하, 그렇다고들 하더군요!
— (눈물을 글썽이며, 끄덕끄덕)
— 예예, 좋은 말씀 감사드리고요, 그럼 이제 다른 방청객분에게 마이크를 돌려볼까요?

허접한 쇼에 몰입하는 것은 정말이지 쉬운 일이 아니다. 그러니까 사실은 모두들 마이크를 통해 흘러나오는 내 목소리가 영 어색하다고, 그런 생각에 잠겨 있는 것은 아닌지…

＊

오, 세상이 진짜로 망해가는가봐요! 왜 그렇게 생각하느냐면 물론 나의 최애 블루베리 언니가 그렇게 말했기 때문이다. 그렇다면 그런 것이다. 하지만 그 언니는 요즘 들어 왜 자꾸만 틀리고 마는 건지… 그 언니마저 믿을 수 없다면… 그렇다면… 세상이 어떻게 돌아가는 건지 전혀 감을 잡을 수가 없다. 두려워, 도대체 다들 무슨 생각을 하고 있는지 궁금해서 트위터에 들어가봤더니 어머나, 귀여운 롭이어 토끼가 있네! 하트를 눌러야지! (그러고 나서 뭐하려고 했는지 까먹음. 계속 여기저기 하트를 누름…) 하여 나는 여전히 모르겠다. 솔직히 이 '모르겠음'이 짧은 과도기에 속하는 것이라 믿었다. 그리고 과도기는 곧 끝날 것이라고. 하지만 생각보다 오래갈지도 모르겠다. 모든 것이 뿌연 가운데, 느닷없이 바이러스는 덮쳐오고… 대공황과 세계대전, 급기야 다시 돌아온 냉전과 열전 아니 뭔지 모르겠지만 전쟁, 아무튼 전쟁, 빌어먹을 전쟁과 또 다른 전쟁들… 계속해서 머뭇거리다가 주위가 온통 개박살나버린 뒤에도 영 떠나지 못할 것 같은 불길한 예감. 하지만 정말이지 모르겠다. 이 모든 게 우산 속 환상 때문이라고 한다면, 그 바보 같은 환상을 놓으라고 말한다면 도대체 그 환상이 뭐냐고 묻고 싶다. 우리가 붙잡혀 있다는 그 환상이 뭐고, 그 바깥에 있는 현실이란 대체 뭐냐고. 알록달록 예쁘게 펼쳐진 우산들 바깥으로 나갔을 때 마주치게 되는 것이 도대체 뭐냐고.

결국 문제는 이것이다. 우리 밀레니얼들, 그 어느 세대보다 잘 교육받았고 그 덕택으로 백지처럼 깨끗하게 텅 비어버린 우리들은 인간의 삶이 일련의 착취 과정이라는 사실을 인정하길 거부한다. 아니 사실은 누구보다 잘 알면서 모른 척한다. 그리하여 우리들은 원하게 되었다. 더욱 완벽하게 위선적인 세계를. 아무런 착취도 희생도 보이지 않는 세계를. 누구도 현실을 보거나 말하지 않는 깨끗한 세상을. 하지만 그런 것은 없다. 게다가 사실은 다들 잘 알고 있다. 흡혈귀가 채식주의자가 될 수는 없다는 것을 말이다. 하지만 여전히, 채식주의자로 전향한 나를 뿌듯해하는 달콤한 기만을 놓을 수가 없는 것이다. 바로 그렇기 때문에 더욱 솔직히 인정해야 한다. 위선과 착란을 통해 영원한 교양의 왕국에 도달하기를 원하는 우리들의 소망은 사이비종교에 불과하다는 것을. 우리들은 불가능한 기적을 오로지 간절한 기도를 통해 얻으려 하고 있다. 상처와 고통이 없는 세상에 관하여 현재 우리 인류는 아무 답이 없다. 그 사실을 인정했을 때 남는 것은 시시하고 현실적인, 임시방편의 하루하루뿐일 것이다. 하지만 주어진 것은 그것뿐이다. 그것을 받아들여야 한다. 그리고 더 늦기 전에 이 위대한 우산의 성채 바깥으로 나아가야 한다.

2020년대의 파시즘

하늘이 무너져버리게 놔둬요 Let the sky fall

그것이 산산히 부서지면 When it crumbles

우리는 우뚝 서게 될 테니까요 We will stand tall

— 아델, 〈스카이폴 Skyfall〉

멀리서 바라본 원월드트레이드센터는 예쁘다. 분홍, 보라, 하늘색으로 반짝이는 빌딩의 표면은 펄 매니큐어를 공들여 바른 손톱 같다. 해 질 녘 노을에 물들어 있을 때면 홀로그램으로 만든 환상 같기도 하다. 영화 〈007 스카이폴〉에 나왔던 비현실적으로 모던한 상하이의 풍경을 떠오르게 하는 이 신상 인스타그램 빌딩은 2001년 9월 11일 말 그대로 하늘이 무너져 내렸던 자리에 높이 섰다.

다시 2008년 금융위기의 한복판, 뉴욕의 무너진 하늘은 여전히 구멍 난 채였고, 같은 시기 지구 반대편에서는 중국이 새롭게 떠오르고 있었다. 동양을 향한 미국의 공포(이슬람 근본주의 테러리즘과 중국의 부상)가 극에 달한 시기 지어진 탓인가, 이 깜찍하게 반짝이는 물건은 유혹적인 팜파탈의 분위기를 풍긴다. 물론 동양의 침공은 미국의 미래가 아니다. 그저 미국인들의 일상에서 없어서는 안 되는 양념 같은 것이다. 위기라는 풍문이 없이 미국은 한 발짝도 나아가지 못하므로.

위기는 존재한 적이 없다. 그것은 언제나 소문에 불과하고, 소문은 항상 소문으로 판명된다. 왜냐하면 미국을 무너뜨릴 적은 지구상에 존재하지 않기 때문이다. 아무도 이 거대한 땅을 침몰시킬 수 없다. 하여 미국의 전진 또한 소문에 불과하다. 그 나라는 그저 버티고 서 있을 뿐이며, 그 버팀을 지속하기 위해서 위기와 전진의 꿈이 절실히 필요하다. 그리하여 위기와 전진에 대한 가공된 예언들이 계속해서 기획되고 생산되어 퍼져나간다.

*

(가끔) 맨정신이 돋을 때 유일하게 믿는 것은 종교전쟁이다. 신의 사망을 선언한 반기독교적 신학 체계 속에서 탄생한 개인주의는 진화를 거듭하여 광신주의적 선교자의 태도로 세계 전체를 향해 불가능한 보편성을 강요한다. 자신의 신념을 가로막는 모든 것을 탄압하고, 짓밟고, 마침내 자신의 미친 신념을 성공적으로 전염시킨다. 개종! 개종! 그들은 모두를 개종시키기를 원한다. 모두를 미친 초超기독교적 믿음의 광기 속에 구겨 넣기를 바란다.

*

올리버 스톤의 영화 〈스노든〉은 미국 중앙정보국CIA과 국가안보국NSA에서 컴퓨터 엔지니어로 일했던 실존 인물인 에드워드 스노든에 대한 영화다. 그는 기밀문서 폭로를 통해서 미국 정부가 사람들을 전방위적으로 감시하며 무차별적으로 정보를 수집하고 있다는 경악스러운 사실을 세상에 알렸다. 그 결과 그는 러시아에서 기약 없는 망명 생활을 이어가고 있다.

나는 영화를 통해 단순한 사실들을 깨달았다. 우스갯소리로 해오던, 혹은 이따금 호들갑 떨며 상상한, IT 테크놀로지에 대한 악몽이 이 영화에 따르면 모두 현실이었다. 우리는 어디서든 감시당한다. 무심코 열어놓은 노트북의 카메라는 내 방 안을 들여다보고, 정보기관은 내가 페이스북에 비공개로 올려놓은 아주 사적인 메모들을 자신의 침실처럼 아무렇지도 않게 뒤진다. 물론 그들이 굳이 (이베이와 아마존의 주문배송 메일로 가득한) 내 메일을 하나하나 뒤져보지는 않을 것이다. 나는 아무도 아니니까. 하지만 만약 내가 중요한 인물이 된다면? 아니 나의 주변에서 엉뚱하게도 위험한 인물이 탄생한다면? 물론 그럴 일은 없겠지만, 만약 그렇다면 그들은 나의 아이폰 메시지함을 복원하여, 내가 괜한 허세로 미국인들을 비웃은 메시지를 찾아내어, 나를 미국에서 추방시킨다면 어떡하지?

영화가 끝나고 나는 앞으로 어떤 소셜미디어 활동도 하지 않으리라 다짐했다.

또한 앞으로 나도 스노든처럼 모든 카메라에다가 포스트잇을 붙여놓기로 다짐했다.

물론 사람들이 나를 정신병자, 결벽증 환자로 생각할 수 있지만, 여러분의 모든 데이터가 수집되고 관리되고 있다는 것은 어엿한 사실이다. 물론 나는 하찮은데다가, 별로 제정신도 아니기 때문에 '정보기관'은 내가 무슨 행동을 하든 별로 신경 쓰지 않을 테지만.

그러고 보면 제정신이 아니라는 것은 미국에서 꽤 중요

한 덕목이다. 예를 들어 뉴욕은 미치광이들로 가득한데 그들의 대단한 점은 완전히 맛이 가 있음에도 불구하고 위험한 데가 전혀 없는 데다가 공공질서를 잘 지키며, 애국심이 강하고, 인사성과 예의가 바르다는 점에 있다.

아니 그런 흠잡을 데 없는 사람들이라면 미치광이가 아니지 않겠느냐고?

노우. 세상에는 흠잡을 데 없고, 규율과 질서에 강한 미치광이들이 있다. 솔직히 놀라울 정도로 많다. 나도 그들 중의 하나일 뿐이다.

나는 공공질서를 잘 지키고, 애국심이 강하며(?), 인사성도 꽤… 예의… 예의는 별로 없지만, 적어도… 매너… 적어도 나를 감시한다고 해서 특별히 사회에 위협이 될 만한 요소를 찾아낼 수 없는, 나이스한 미치광이라고 자부하는 바이다. 이렇게 체제 위협과 절대적으로 거리가 먼 한 인간의 사소한 광기를 제발 '정보기관'에서는 가볍게 보아 넘겨주기를 바란다고 여기 적어놓도록 한다, 일종의 '증거'로서.

∗

스노든의 행위는 영웅적이었나? 그렇다. 동시에 철저히 무력했다. 그의 말은 아무것도 바꾸어놓지 못했다. 왜냐하면 모두가 이미 알고 있는 사실이었기 때문이다. 인터넷 세상이 존재하는 가장 큰 목적은 인간들을 효율적으로 통제, 감시하기 위해서다. 스노든이 간과한 중요한 사실은, 인간들은 감시받는 것을 좋아한다는 것이다. 감시되고, 분류되고, 처리되고, 통과되고, 합격되고… 일련의 과정을 사람들은 미치도록 좋아한다. 거의 변태적으로 집착한다. 간단한 예로서 사람들은 광적인 스토커가 있는 연예인의 삶을 선망한다. 통제광의 관심을 최고의 사랑으로 치는 것이다, 즉, 이 모든 것은 사랑인 것이다, 인민들을 위한! 즉,

국가는 인민을 사랑한다.

인민이 국가를 사랑하는 것보다 훨씬 더, 국가가 인민을 사랑한다.

인민이 아무리 국가를 사랑하여도, 국가가 인민을 사랑하는 것보다 더욱 사랑할 수는 없다.

즉, 인민의 사랑은 국가의 사랑을 절대 능가할 수 없다. 따라서 국가가 당신을 위해서 뭘 해줄 수 있는지 고민하기를 집어치우고, 지금 당장, 당신이 국가를 위해서 할 수 있는 최선의 행동을 고려해보기 바란다.

*

당신이 국가를 위해 할 수 있는 최선의 행동이란?

답: 정신병원에 제 발로 걸어 들어가 갇히는 것이다.

＊

이 정신 나간 이론을 미국이라는 국가에 적용해보면, 아마존의 사랑이 미국이라는 국가의 사랑보다 강할지도 모른다는 결론에 이른다. 간단하다. 미국인들은 아마존 없이 생존할 수 없다. 미국 시민들은 미국 없이 생존할 수 있을지도 모르지만, 아마존 없는 생존은 상상도 할 수 없다. 그런데 아마존과 미국은 사실 하나다. 즉, 당신은 아마존을 사랑할 수밖에 없는데, 아마존의 소비자에 대한 애정은 당신의 사랑을 능가하며 다시 아마존의 애정 없는 미국은… 상상하기조차 싫다. 미국 없는 아마존은 당연히 존재하지 않는다. 다시, 아마존 없는 미국은… 아무런 희망도 없다. 이렇게 아마존과 당신과의 사랑은 점점 더 끈끈해지고 짜잔, 당신은 아마존 프라임 회원이 되는 것이다!

아마존의 프라임 회원이 되어 왕성한 소비 활동을 하는 것은 솔직히 가혹한 경험이다. 그들은 나의 소비 행위를 일거수일투족 감시하여 그것을 바탕으로 나에게 상품을 추천한다. 문제는 그 추천이 꽤 노골적으로 강압적이라는 것이다.

'자, 여기 님에게 어울리는 추천템이 있네요'라는 식으로 귀여운 광고 메일을 보내는 것이 아니라, 나의 아마존 검색 활동 자체를 왜곡시킨다. 그들은 내가 무엇을 어떻게 검색하든 자신들이 해석하고 판단한 나라는 소비자를 위한 적절한 상품만을 선택적으로 보여준다. 즉, 내가 한 검색은 내가 한 검색이 아니다. 맞춤 검색이란 결국 그런 것이다. 그들은 나를 위한다며 검색 결과를 조작한다. 그들은 그것을 선한 의지, 즉 각각의 소비자에게 맞는 적절한 상품과 서비스를 제공하겠다는 이상주의적 신념으로 포장한다. 하지만 자세히 들여다보면 그들이 바라는 것은 소비라는 이름의 끝없는 실험이라는 이름의 고문을 소비자에게 행하는 것이다.

질문: 왜 나는 돈을 지불하는 대가로 고문당해야 하는가?

아마존이 제공하는 맞춤 쇼핑의 세계는 지극히 평범한 수준의 성인이 조숙한 일곱 살짜리 소시오패스에게 사육당하는 상태와 비슷하다. 즉, 당신은 감옥인지 정신병원인지 모를 곳, 혹은 표면적으로는 굉장히 호사스럽고 안락하다고 여겨지는 어딘가에 갇힌 채로 여러 가지 삶에 필요한 생필품을 조숙한 일곱 살짜리 소시오패스의 결정에 따라서 사들이게 되는 것이다. 열 번에 한 번 꼴로 배송사고가 나지만 즉각 환불해주니까 최악은 아니다. 하지만 정상적인 성인인 당신이 일곱 살짜리 조숙한 소시오패스가 추천하는 로션과 샴푸, 화장지와 생수, 이어폰과 운동화에 의지하여 살아간다는 것은 어떤 의미인가? 그 소시오패스 아동은 이따금 당신에게 아무 이유 없이 엿을 먹일 것이다. (왜냐하면 소시오패스니까.) 지성 피부인 당신에게 건성 피부용 로션을 추천한다던지, 올리브유를 오메가3가 풍부하게 함유된 피시오일로 대체하라고 윽박지를 것이다. 운동화? 당신에게 나이키는 어울리지 않으니 아식스를 사도록. 어쩌면 의자가 필요한데 램프를 사게 할지도 모른다. 왜? 그저 나한테 램프가 필요하다고 신뢰하는 아마존이 말했으니 믿는 수밖에. 그리하여 어느 날 맨바닥에 앉은 채로 램프로 가득한 거실에서 뿌연 눈으로 아마존 프라임 회원용 무료 영화를 시청하고 있는 당신을 발견하게 되는 것이다.

*

바너드 대학교 수학과의 종신교수로 재직하던 캐시 오닐은 2007년 학계를 떠나 헤지펀드로 자리를 옮겼다. 이후 월스트리트와 실리콘밸리에서 경력을 쌓은 그녀는 현대 금융과 IT 업계에서 사용되는 데이터과학이 얼마나 파괴적인 영향력을 갖게 되었는지 사람들에게 경고하기 위해서 《대량살상수학무기》라는 책을 썼다.

이런 이야기다. 당신이 전과자라면, 구글은 당신에게 총기 난사에 대한 뉴스를 추천할 것이다. 왜냐하면 당신이 전과자이기 때문이다. 당신은 범죄자, 즉 총기 난사의 세계에 속하기 때문이다. 딱 한 번 철 없던 시절의 실수로 범죄를 저질렀다는 변명 따위 통하지 않는다. 당신은 영원히 총기 난사의 세계에서 살아야 한다. 당신의 과거는 당신의 운명이다.

'하하, 바보 같고 고지식한 컴퓨터 월드!' 하고 웃어넘기는 사람들이 있을지도 모르겠다. 이 모든 것이 과도기적 혼란에 불과하며 기술 발전은 일곱 살짜리 조숙한 사이코패스를 서른 살의 균형 잡힌 현명한 어른으로 마침내 진화시킬 것이라고. 하지만 전과자에게 자꾸만 총기 난사에 대해 이야기하는 것을 단순히 유치한 지적 수준의 표현일 뿐이라고 할 수 있을까? 반대로 어떤 사악한 의식의 체계가 의도적으로 고안해낸 저주의 메시지가 아닐까? 너는 전과자니까 어차피, 총기 난사를 벌여서 인생을 망가뜨리라는 무의식적 최면은 아닐까? 왜냐하면 통계에 의하면 전과자가 총을 쏘게 될 가능성이 비전과자보다 높으니까. 좌우지간 전과자는 총을 쏘게 된다는 것이다. 왜냐하면, 통계는 옳으니까. 그리하여, 통

계는 다시금 옳게 된다. 왜냐하면 통계가 옳기 때문이다. 즉,

— 너의 최근 소비 활동에 따르면 너에게는 올리브유가 아니라 오메가3가 풍부하게 함유된 피시오일이 필요하다.

— 하지만 샐러드용 오일이 떨어졌는걸?

— 따라서 너의 최근 소비 행적에 따르면 너에게는 올리브유가 아니라 오메가3가 풍부하게 함유된 피시오일이 필요하다.

— 그렇다면 오일 스파게티는 어떻게 만들지?

— 결과적으로, 너에게는 올리브유가 아니라 오메가3가 풍부하게 함유된 피시오일이…

— 하지만…

— 피시오일을 사도록.

— 그렇지만…

— 사라고!

— 그…

— NO EXCEPTIONS!

알고리즘의 세계에 예외는 없다. 한 번 범죄자는 영원한 범죄자. 흑인은 영원한 흑인. 재에서 재로, 감옥에서 감옥으로.

질문: 맞춤 정보란 무엇일까?

답: 죄수는 감옥에서 죄수복을 입어야 한다는 뜻이다.

✳

이 모든 빌어먹을 악몽은 히피들에게서 시작됐다. 히피들은 스탠포드에서 탄생했다.

✳

히피들에 대해서 잘 알려지지 않은 사실: 그들은 타고난 전쟁광이다.*

✳

잭 니콜슨이 열연하여 화제가 된 영화 〈뻐꾸기 둥지 위로 날아간 새〉의 원작 소설을 쓴 켄 키지는 무명작가 시절 스탠포드 대학교에서 문예창작 수업을 들으며 습작 시기를

---

* 《소시오패스들의 세대: 베이비부머들은 어떻게 미국을 배신했는가A Generation of Sociopaths: How the Baby Boomers Betrayed America》브루스 기브니 지음, 2017

보냈다. 같은 시기 그는 이웃 학생들의 초청으로 CIA에서 주관한 극비 군사실험에 참여했다. LSD, 메스칼린, 코카인, DMT 등의 향정신성 약물이 인체에 끼치는 영향을 연구하기 위한 실험이었다. 이 체험은 켄 키지가 《뻐꾸기 둥지 위로 날아간 새》를 쓰는 데 커다란 영향을 끼쳤고, 이후 그가 히피 문화의 거물이 되는 데도 일조했다.

히피 문화는 2차 세계대전 이후 탄생한 미국의 백인 청년들이 주축이 된 반사회적 청년 문화다. 도시 문명에 극렬히 저항했던 자유분방한 히피들의 라이프스타일 한복판에는 LSD라는 독특한 환각제가 있다. 가상현실, 사이버스페이스 같은 실리콘밸리의 탈현실적 이상주의도 이 환각제 문화의 영향권 아래에 있다.

켄 키지보다 먼저 LSD를 접했던 유명 인사로는 올더스 헉슬리가 있다. 그의 소설 〈지각의 문The Door of Perception〉에 따르면 LSD가 주는 경험은 정신의 개방과 지각의 확장으로 요약할 수 있다. 이 독특한 약물은 정신의 문을 열고 감각을 최대치로 끌어올림으로써 한 인간이 감각들의 총합이 되는 경험을 선사한다.

한 인간이 감각적 경험을 향한 촉수의 다발 그 자체가 되어버린다면, 그것이 실현된 자리에 자아는 존재할 수 없다. 자아는 감각적 지각의 황홀한 바다 속에서 해체되어 버린다.

그 해체의 끝에서 불교에서의 해탈을 닮은 순수한 깨달음에 도달하게 된다.

재미있는 것은 이 그럴듯한 비전의 리얼리티가 정신병원 독방에 갇혀 깨알만 한 화학물질에 취해 극한의 환각에 사로잡히는 것이라는 초라한 사실이다. 다시금 재미있는 것은, 스마트폰을 절대로 내려놓을 수 없게 된 요즘 사람들은 이미 이 비전과 현실을 어느 정도 살아가고 있다는 것이다.

치렁치렁한 머리에 보헤미안풍 옷차림, 다 함께 손 잡고 맨발로 숲속을 거니는 히피의 이미지는 만들어진 것이다. 골방에 스스로를 가둔 실험 대상으로서의 현대인의 리얼리티를 감추어주는 근사한 치장에 불과하다. 내가 이렇게 확신하는 것은, 뉴욕 사람들이 누구보다도 그러한 모습이기 때문이다. 활기찬 맨해튼을 꽉 채운 인간들은 근사하다. 동서남북 어디를 봐도 환상적으로 포토제닉하다. 값비싼 식당과 화려한 상점, 호텔 라운지와 와인 바를 가득 채우고 있는 완벽한 인간들. 서로가 서로를 홀리는 글래머러스한 이미지 전쟁. 하지만 그 바깥에는? 환상적인 전쟁터를 떠나 돌아오는 곳은 쥐와 바퀴벌레를 위한 소박한 보금자리. 가득 쌓인 옷 더미와 택배상자들, 창을 뚫을 듯 위협적인 사이렌 소리, 수면제와 소독약, 빈 와인병들 사이를 고양이처럼 조심스럽게 요리조리 피해 도착한 손바닥만 한 침대에 누워 잠깐의 휴식으로 빠져드는 순간, 오늘도 또 한 번 평화로웠다고 스스로를 다독이며…

히피들이 골방에서 만들어낸 기묘한 이미지는 모두를 먹어 삼켰다. 부스스한 금발에 환한 웃음으로 평화를 외치며 온 세상을 들뜨게 했던 그들은 이제 인자한 미소를 지을 줄 아는 할머니, 할아버지가 되었다. 그리하여 그들의 자식들은? 그리고 사랑스러운 손녀손자들에게 남은 것은?

＊

이제는 완벽하게 실현된 베이비부머들의 비전, 그 시작에서 켄 키지는 멘로파크 재향군인 병원의 차가운 골방에 갇혀 있다. 즐겨라, 삶을 사랑하라, 꿈을 실현하라… 정신을 고양시키고, 끝없이 경험하라… 이제는 한국의 공익광고까지 점령한 저 히피 세대의 강령들은 고통과 환희로 터져버릴 지경에 이른 골방의 뇌에서 왔다. 히피들의 해맑은 라이프스타일, 자연주의와 자유주의, 평화와 사랑… 모든 것은 정신병원에 갇힌 무력한 실험 대상의 망상에 불과했다. 기기묘묘 황폐한 매드맥스 세계를 많이도 후하게 팔아치웠다. 그 결과 그들의 자식들은 선대가 약에 취해 상상해낸 라이프스타일 속에 스스로를 구겨 넣는 묘기 대행진을 벌이고 있다. 히피들의 취한 헛소리를 실현시키기 위해 인생을 탕진하고 있는 것이다.

*

히피, 군사실험의 사생아들. 여전히 잿빛 버섯구름의 공포에 시달리는 외롭고 웃긴 병기兵器들. 그 사생아들의 사생아들인 밀레니얼. 2020년대의 파시즘이 무엇이냐 하면, 더욱 짙어져가는 전쟁의 망상과 후유증을 말한다. 모두가 모두를 가두고, 서로가 서로를 실험하고, 끊임없이 염탐하고, 그렇게 한 명 한 명이 최신식 자살폭탄이 되어가는 세상을 뜻한다. 폭탄은 터지라고 만든 것이다. 그렇다면 여기, 절대 터지지 않고 침묵하는 가득 쌓인 폭탄들은 무엇을 의미하는가?

*

어느새 어둠이 내려앉은 거리, 멀리 빛나는 원월드트레이드센터를 배경으로 아름답게만 보이는 뉴욕의 젊은이들. 베이비부머들의 육중한 부로 터질 듯 부풀어 오른 맨해튼은 누구보다 멋진 폭발을 꿈꾸는 최신식 폭탄들, 즉 세련된 젊은이들로 가득하다. 그들은 세상을 향한 나의 낡아빠진 피해망상을 비웃듯 변하지 않는 일상의 활력을 살아간다. 그리고 그런 그들의 뒷모습에서 나라는 광인은 그림자 대신 이상하게 깜빡대는 신호를 발견한다. 그 신호는 대체 무슨 뜻이며 어디를 향한 것일까.

밀레니얼들을 위한 레퀴엠

매거진 〈뉴욕〉의 기사 "열두 명의 젊은이가 말하는 그들이 아마도 투표하지 않게 될 것 같은 이유*"에 따르면 텍사스에 사는 스물일곱 살의 팀은 2016년 미국 대선 투표를 위한 유권자 등록에 실패했다. 왜냐하면 간단한 유권자 등록 절차를 실행할 수 없었기 때문이다. 그는 우편 업무가 싫다고 했다. 불안감을 안겨주기 때문이다. 왜냐하면 그는 주의력결핍 및 과잉행동장애ADHD를 앓고 있기 때문이다.

그렇다. 그는 병자이다.

끝.

미국에서는 모든 문제를 정신병으로 범주화한 뒤에 비

---

* "12 Young People on Why They Probably Won't Vote", 2018년 10월 30일.

로소 안도하는 병, 아니 전통이 있다.《정신 장애 진단 및 통계 편람Diagnostic and Statistical Manual of Mental Disorders》은 미국의 정신의학협회가 출판하고 정신질환 진단에 널리 사용되는 권위 있는 책이다. 이 책에 따르면 정신병자가 아닌 인간은 없다. 모든 인간을 정신병자로 만든 다음 그들이 가진 문제의 원인을 죄다 병으로 돌리는 이 책의 사상은 간편하고, 체제의 안정에 기여한다.

그저 인간들이 돌아버린 것뿐.

즉, 당신만 미쳐버리면 온 세상이 편안해진다.

미치지 않을 이유가 있는가?

하지만 여기 용감한 작가 앤 헬렌 피터슨은 ADHD가 텍사스의 팀을 실패자로 만든 원인이라는 이론에 의문을 제기한다. 그녀는 밀레니얼 세대 미국인으로서 팀의 행동에 격한 동감을 표시하며 〈버즈피드뉴스〉에 "밀레니얼들은 어떻게 번아웃 세대가 되었는가**"라는 기사를 썼다. 언뜻 전형적인 ADHD의 특성으로 보이는 무기력증과 나태함에서 그녀는 밀레니얼들이 갇힌 독특한 덫을 발견한다.

기사에서 그녀는 지난 오 년간 더욱 심해지고 있는 자신의 '용무 마비' 증세를 묘사한다. 그녀는 구두수선공에게 부

** "How Millennials Became The Burnout Generation", 2019년 1월 5일.

츠 가져가기, 사람들에게 사인한 책 보내기, 피부과 예약하기 등의 간단한 일들이 도무지 불가능하다. 하지만 객관적으로 봤을 때, 그녀는 전혀 게으른 실패자가 아니다. 여러 권의 책을 출판했고, 꼬박꼬박 학자금 대출을 갚고 있으며, 주기적으로 운동하고, 장거리 여행 계획 세우기 같은 복잡한 업무를 처리하는 데 아무 문제가 없다. 하지만 처리해야 할 일상적인 일들로 포커스가 옮겨오면 그녀는 마비되고 만다.

나의 용무 마비 증세에 대해서 이해하려고 하면 할수록 번아웃의 실체적 특성이 드러나기 시작했다. 번아웃 그 자체, 그리고 거기에서 비롯된 행동들과 압박감은 휴가를 떠나는 것 따위로는 치유될 수 없다. 그 증세는 높은 정신적 긴장도를 요구하는 업무에 종사하는 노동자들에게 국한되는 것이 아니다. 그리고 임시적인 고통 또한 아니다. 바로 밀레니얼들이 놓인 조건이다. 이것이 우리의 기준점이다. 우리의 배경음악이다. 이게 현실이 돌아가는 방식이다. 이것은 우리들의 삶이다.

*

좁은 스마트폰의 스크린에 손가락을 올려놓은 채 앤 헬렌 피터슨의 기사를 스크롤하는 나는 좁은 침실을 꽉 채운 침대에 누워 있다. 평일 오후 세 시, 나는 앤 헬렌 피터슨이 말하고 있는 전형적인 마비 상태다.

우체국에 갈 수도, 병원에 갈 수도 없다. 편의점에 가서 반창고를 살 수도, 세탁소에 가서 옷을 찾아 올 수도 없다.

나에게는 비밀이 하나 있다. 그 시기 나는 아킬레스건염을 앓고 있었는데, 물리치료 비용을 여행자 보험이 전액 커버해주었다. 한 시간에 100달러짜리 물리치료가 완전히 공짜였다는 얘기다.

편안한 침대, 얼음찜질과 마사지, 초음파 치료, 물리치료, 도구를 이용한 스트레칭, 친절하고 유능한 한국계 치료사의 다정한 스몰토크. 그 모든 것이 완전히 공짜였다. 하지만 나는 도무지 물리치료를 받으러 갈 수가 없었다. 왜냐하면 관련 서류를 작성하여 보험회사에 이메일로 보낼 수가 없었기 때문이다.

나는 또한 램프 가게에도 갈 수 없었다. (거실에 있는 스탠드 램프는 머리가 덜렁대는 채로 몇 달째 방치되어 있었다.)

서울에 사는 친구에게 새로 나온 책을 보내겠다고 주소를 받고는 석 달째, 책은 여전히 책상 위에 놓여 있었다. 친구는 나를 어떻게 생각할까? 굳이 주소까지 받아낸 다음 왜 아무 소식이 없는 건지 괘씸해하는 것은 아닐까? 아아 그녀가 같은 밀레니얼로서 내가 봉착한 배가 부른 교착 상태를 이해해준다면 좋겠지만…

나의 아킬레스건염은 악화일로, 우버X 없이는 아무 데도 갈 수 없다. 램프 대가리는 이제 가느다란 전선에 의지한 채로, 어느 날 바닥에 뚝 떨어져 박살 난다고 해도, 나는 그저 누워 있겠지. 그리고 서울의 친구에게 다시는 연락할 수 없게 되었다. 이 모든 일은 왜 일어나고 있는 것일까? 앤 헬렌 피터슨에 따르면 이게 모두 빌어먹을 밀레니얼 증세 때문이다.

하지만 솔직히, 내가 지나치게 소심하고 게을러빠진 외국인 체류자라서 이러고 있는 것은 아닐까? 그렇다면 앤 헬렌 피터슨은? 그녀는 나와 전혀 다르다. 그녀는 나처럼 소심하고 게을러빠진 외국인 체류자가 아니다. 그녀는 백인 미국인으로, 성공적인 커리어를 가지고 있으며, 영어가 모국어에, 친구와 가족이 죄다 미국에 있다. 그런데 왜 그녀는 자신의 조국에서 나와 같은 루저 외국인과 비슷한 문제에 봉착해 있는 걸까?

*

미국에서 나는 내가 진입할 수 없는, 상상조차 불가능한 '평범한 미국 사람들'의 삶에 대해서 생각해보곤 한다. 독립된 나라로서 탄생한 지 약 이백오십 년, 미국인들의 삶에는 여전히 방금 개척지에 도착한 이민자들의 정서가 있다. 모든 것이 약간씩 낯설고 어색한 듯한 불안과 긴장이 온 사방에 은은하게 퍼져 있다. 그것을 느낄 수가 있다. 왜냐하면 내가 미쳤기 때문에? 그렇다. 이것은 죄다 나의 망상에 불과하다. 나는 미국이 아닌 정신병원에 있는 것이니까. 나는 밀레니얼로 꽉 찬 정신병원, 스물네 시간 계속되는 번아웃에 신음하는 병자들로 가득한 벽돌집에 갇혀 있다. 마약중독자 귀신과 이상한 나무, 사나운 다람쥐, 주말 밤이면 박수 치며 떼창하는 친애하는 밀레니얼 이웃들의 세계는 내가 상상했던 미국이 아니다. 그렇다면 무엇인가? 추측해보려 하지만 쉽지가 않다. 그럼에도 불구하고 시도해보자면,

첫 번째 추측: Mia's Land

〈라라랜드〉는 최초의 그리고 기념비적인, 어쩌면 최후의, 진짜 밀레니얼 감독이 그린 진짜 밀레니얼들의 세계관을 담은 희귀한 영화다. 영화는 겉으로는 사랑 이야기를 다루고 있다. 야심 있는 두 명의 남과 여, 풋내기 젊은이들이 만나고, 소통하고, 또 사랑에 빠졌다가 또 서로 다른 운명 속 어쩔 수 없이 헤어지는 슬픈 이야기라고 볼 수도 있다. 영화의 클라이맥스에서 배우로서 성공한 여자 주인공 미아는 남편과 함께 우연히 재즈바에 들어갔다가 남자 주인공 세바스찬

을 만난다. 세바스찬은 재즈바 주인으로서 나쁘지 않은 삶을 살고 있다. 물론 미아만큼 성공적이지는 못하다. 미아는 세바스찬이 연주하는 추억의 노래를 통해 가능했던 과거를 상상하기 시작한다. 그 상상적 과거란 미아와 세바스찬이 둘 다 성공한 채로 행복하게 함께하는 세계다. 슬프고도 감동적인 대안 과거로의 산책을 끝낸 그녀는 현실로 돌아와, 남편과 함께 재즈바를 떠난다. 이 서글픈 클라이맥스를 통해 영화는 무엇을 말하고 있는 것일까? 잊힌 청춘의 사랑에 대한 회상? 하지만 정직하게 그 슬픔을 받아들이기에, 영화의 정조는 기묘하다. 왜냐하면 그녀의 회상은 실재하는 과거에 대한 것이 아니기 때문이다. 그녀는 세바스찬과 한때 정말로 행복했던 순간들을 떠올리며 그 시절을 그리워하는 것이 아니라, 과거에 대한 불가능한 가정을 조립해나가며 그 가정이 좌절된 순간들 속에서 회한의 감정에 빠져든다. 영화의 기묘한 점은 미아가 과거에 대한 불가능한 가정을 한다는 점이 아니라, 그 가정이 지나치게 반복적이고 기계적이라는 점에 있다. 과거의 슬픈 사랑을 다루는 또 다른 영화 〈타이타닉〉에서 그런 상상적 회고의 순간은 맨 마지막 잭과 로즈가 모두의 박수 속에서 사랑을 이루는 장면 딱 하나다. 그런데 〈라라랜드〉의 클라이맥스에서 미아는 세바스찬과 함께한 과거 전체를 재구성한다. 솔직히 어떤 사람이 과거 애틋했던 연인을 우연히 만난 상황에서 이렇게 꼼꼼한 대체 역사를 써내릴 수 있을까 싶다. 왜냐하면 자신의 과거에 대해서 그렇게 하나하나 구체적으로 대체 역사를 써내려가기에는, 실재했던 과거에 대한 감정적 연결고리가 너무 강하기 때문이다. 이 영화는 사랑에 대한 영화치고는 신기할 정도로 사랑을 둘러싼 풍부한 감정이 결여되어 있다. 대신 거기에는 일관된 황폐함과 피로의 정서가 있다. 길고 긴 전투를 치루고 고향으로 돌아온 병사가 지니고 있을 법한 흥분된 피로가. 마치 이렇게 말하는 듯 하다. 나는 과거의 모든 가능성을 포함하여 실재했던, 또 불가능했던 모든 과거를 시시각각 죽인 끝에 여기에 도착했다. 그렇게 살아남은 미아가 세바스찬에게 하고 싶은 말은 사실은 이런 것은 아니었을까? "봤다시피, 우리의 과거는 일일이 교정 불가능할 정도로 잘못된 것이었어. 그런데 왜 너는 (잭 도슨처럼) 나를 위해 차가운 대서양 바다에서 얼어 죽지 않은 거지?"

대안적 과거 속 멋진 세바스찬은 존재하지 않는다. 그렇다면 현실의 그저 그런 세바스찬 또한 존재하지 않아야 하는 것이다. 그래서 미아는 존재하지 않는 과거를 만들어내어 현실의 세바스찬을 허깨비로 만든다.

그녀가 현실의 멋진 남편과 재즈바를 떠나는 순간 그녀

가 만들어낸 과거는 허공으로 사라진다. 실제로 존재하는 허깨비 세바스찬과 함께.

(삭제) 성공.

미아는 안도한다.

과거를 삭제한 그녀는 앞으로도 성공적인 인생을 살아갈 것이다.

두 번째 추측: Cat's Downward Cradle

캣 마넬의 이름을 처음 들은 것은 2012년이다. 룸메이트가 재미있는 소문을 전해주었다. 모 유명 잡지 뷰티 에디터가 마약을 할 시간이 모자란다며 회사를 그만두었다는 것이다. 구글에 그녀의 이름을 입력하자 사진들이 화면을 가득 채웠다. 백발에 가까운 플래티넘 금발과 커다란 눈, 커트니 러브와 케이트 모스를 섞어놓은 듯 헤로인 시크 분위기의 그녀는 여성잡지 뷰티 에디터에 대한 내 기대—완벽한 머리결, 완벽한 피부, 완벽한 화장법—와 거리가 멀었다. 〈보그〉와 〈GQ〉, 〈뉴요커〉 등을 발행하는 거대 출판그룹인 콘데 나스트 계열사에서 뷰티 에디터로 일했던 그녀는 과연 여성잡지계의 전무후무한 캐릭터였다. 오래 감지 않아 떡진 머리를 잘라내기 위해 수천 달러짜리 고급 살롱에 가고, 창백한 피부를 감추기 위해 태닝 크림을 두껍게 펴 바르고, 목욕 소금을 코로 흡입하는 그녀의 기이한 행각은 결과적으로, 완벽한 겉모습과 커리어를 유지하기 위해 초인적인 노력을 기울이는 평범한 젊은 도시 여성들에게 굉장한 호소력이 있었다.

그녀가 마약중독자가 된 건 어린 시절 정신과 의사인 아버지로부터 각성제를 처방받으면서부터였다. 불행하게도 효과가 너무 좋았다. 성적이 수직 상승했고, 덤으로 인기녀가 되었다. 고급 호텔에서 열리는 부잣집 아이들을 위한 파티에 무제한으로 초대받았다. 이후 뉴욕으로 와 대학교를 졸업한 그녀는 꿈에 그리던 유명 잡지사에 취직하게 된다. 매일 아침 명품을 휘감고 맨해튼 한복판의 회사로 출근하는 멋진 삶을 갖게 되었지만, 그때 이미 그녀의 중독 증상은 한계를 넘어섰다. 그녀는 모든 것을 약으로 해결했다. 결국 응급실에 실려가고, 마약치료소를 들락거리게 되었지만 그녀는 약을 끊는 대신, 자신의 파괴적인 삶을 글로 쓰기 시작했다. 그리고 스타가 되었다. 〈뉴욕타임스〉가 인터뷰를 요청하고, 매거진 〈바이스〉가 칼럼을 의뢰했다. 유명 출판사와 계약을 맺었다. 그리고 드디어 그녀의 첫 번째 책《네 인생을 살해하는 법How to Murder Your Life》이 출간되었다. 책은 〈뉴욕타임스〉 베스트셀러가 되었다.

그녀는 여전히 불면과 폭식증에 시달린다.

그녀는 약을 끊을 생각이 없다.

그녀가 쓴 가장 전설적인 글은 "휘트니 휴스턴의 죽음에 대하여*"로서 휘트니 휴스턴이 스스로를 살해한 사태에 대한 이야기다. 그녀를 괴롭히는 의문은 이것이다. '그녀는 죽었는데, 나는 왜 살아있나?'

이 상황이 나에게는 그렇게 비극적으로 느껴지지 않는다. 죽을 수도 있어, 헤로인 또는 코카인을 흡입할 때, 혹은 보드카 게토레이와 함께 옥시코딘을 삼킬 때 나는 수백 번 스스로에게 말한다. 죽을지도 몰라, 스스로의 심장박동 소리 때문에 도무지 잠들 수 없어 정신을 잃을 정도로 많은 약을 했을 때, 당연한 결과로 비정상적인 무게감이 덮쳐올 때 나는 생각한다.

왜 나는 살아있나? 그녀는 묻는다.

여전히 뛰고 있는 심장박동을 느끼며.

살아남은 그녀는 거듭 약에 취해서 욕조 속으로 가라앉는다.

그리고 매번 운 좋게 깨어나 생각한다. 왜 나는 살아있지?

---

*   "On the Death of Whitney Houston: Why I Won't Ever Shut Up About My Drug Use" 2016년까지 운영되었던 미국 온라인 잡지 xojane.com에 게제됨.

그녀는 죽었는데, 왜 나는 살아있는 거지?

세 번째 추측: Tao's Eco Mandala

캣이 동부 상류층 집안 출신의 된장녀라면, 타오 린은 뉴욕 대학교 출신의 대만계 힙스터 작가다. 캣과 타오는 동년배의 밀레니얼 작가로 공통점이 많다. 뉴욕에 살며, 여유로운 집안 출신으로, 마약중독자(였)다. 둘은 모두 〈바이스〉에 마약에 관한, 마약에 푹 절은 자극적인 칼럼을 써서 인기를 끌었다.

작가로서 타오 린의 커리어는 탄탄하다. 여덟 권 이상의 책을 출판했고, 한국을 비롯해서 여러 나라에 번역 출간되었다. 2013년 출간된 장편소설 《타이페이》는 2000대 뉴욕 힙스터 씬에 대한 거의 유일한, 동시에 탁월한 문학작품이다.

그는 누구보다 올드스쿨한 뉴욕의 마약중독자로서 자신의 (문학적) 재능을 낭비하는 데 재능이 있다.

우선 그는 트위터질로 자신의 재능을 낭비했다. 그리고 그 흔적을 책으로 출간했다(《트위터 선집Selected Tweets》, 2015).

그는 또한 마약 남용으로 자신의 재능을 탕진했다. 그에 대한 기록을 또한 책으로 출간한다(《트립Trip》, 2018).

낭독회에서 그는 엑스터시를 복용한 채 자신의 책을 읽곤 했다.

인스타그램에 따르면 그는 요가와 채식, 부모님과 함께 대만에 사는 늙은 푸들 두두를 좋아한다.

그는 만다라 그림을 그리는 취미가 있다.

그는 음모론자다. 백신을 혐오하고, 2001년 뉴욕 테러를 믿지 않는다.

소설 《타이페이》는 타오 린 자신에 대한 자전적인 소설이라 볼 수 있다. 주인공 폴은 작가다. 그는 친구들과 함께 뉴욕의 아트 갤러리와 소규모 파티 등을 배회하며 마약을 한다. 어디에 가든 마약을 한다. 부모님이 있는 타이페이에 가서도 마약을 한다. 라스베이거스에 결혼식을 올리러 가서도 마약을 한다. 서부에 책 홍보를 위한 북리딩에 참여해 마약을 한다.

별다른 줄거리 없이, 주인공을 둘러싼 삶을 정밀 묘사 스케치처럼 보여주는 소설은 마지막에 이르러 주인공 폴이 스스로가 살아있는 현실에 대한 기묘한 감동에 이르는 모습을 보여주며 끝을 낸다.

문을 닫고 변기에 앉은 폴은 덜 불편해졌고 숨이 더 잘 쉬어졌으며 물체들의 표면이 좀 더 반짝거리는 데다 거칠게 픽셀화되어 있지 않고 입체적으로 보인다는 것을 깨닫는다. 그리고 이 모든 것이—자신이 탐색하고 있다고 마침내 믿게 된 현실에 대한 한층 더 정교하고, 능숙하고, 무의식적인 투사를 통해서—자기 자신이 죽지 않았다는 것을 성공적으로 스스로에게 납득시키고 있다는 증거로 보였다. 끝없는 훈련을 통해 그는 깨달았다. 현재의 생각과 느낌을 포함하여 그가 살아있는 동안 생각했거나 느낀 모든 것이 죽으면 잊힌다는 것을. 한때 그랬듯이, 그는 오직 자신이 살아있음을 믿을 것이다.

폴이 믿는 것은 자신이 살아있다는 사실뿐이다. 그에게 분명한 진실은, 아니 그에게 호소력 있는 현실은, 그가 몰두하는, 관심 있는 리얼리티는 그것뿐이다. 다른 것은 믿을 수 없다. 한 명의 밀레니얼로서 그에게 자신의 살아있음은 다름 아닌 종교이고, 그 종교가 유일한 현실이다.

네 번째 추측:

That Fucking Mirror⋯Always Following Me!

밀레니얼들에게는 비밀이 있다. 각자에게 숨겨진 스토커가 있다는 것. 그 집요한 스토커들은 깜찍하게도 거울의 형태를 하고 있다. 한마디로 자기 자신의 반영이다. 그 친근한 스토커는 어디에든 따라붙으며 묻는다. 왜 너는 거기에 있지? 왜 너는 존재하고 있지? 왜 여전히 살아있는 거지? 왜 죽지 않았지?

이하는 절박한 종교적 대화의 일부다.

절박한 밀레니얼: 신이시여, 어떻게, 내가 살아있다는 것을 알 수가 있죠?

거울의 형상을 한 스토커의 형상을 한 신: 그야 물론 여기 너밖에 없으니까?

절박한 밀레니얼: 다른 사람들은요? 다 죽어버린 건가요, 설마?

거울의 형상을 한 스토커의 형상을 한 신: 그야 물론 여기 너밖에 없으니까?

절박한 밀레니얼: 그런데 나는 왜 살아있을까요? 왜? 여기 혼자, 나는 살아있는 걸까요? 왜 아무도 없는 걸까요?

거울의 형상을 한 스토커의 형상을 한 신: 그야 물론…

절박한 밀레니얼: 확실한가요, 내가 유일하다는 게?

거울의 형상을 한 스토커의 형상을 한 신: 너를 봐. 이 거울을 봐.

절박한 밀레니얼: 제 믿음의 확실한 증거를 주실 수는 없나요?

거울의 형상을 한 스토커의 형상을 한 신이 순식간에 확대되는 것으로 응답한다.

살아남았다, 오롯이 혼자서. 그게 밀레니얼들이 가진 유일한 믿음이자 존재의 이유다. 생존은 밀레니얼들의 유일한 업적. 탄생의 순간부터 펼쳐진 무자비한 배틀로얄에서 살아남았다는 것. 주위 사람들은 모두 죽어 없어졌는데도 불구하고 혼자서 고독하게 살아남았다는 이 멜랑콜리한 느낌. 그 기묘한 정서가 그들을 마비로 이끄는 것이다. 그들은 예감한다. 영원히, 끝없는 인간 사냥이 펼쳐질 것이라는 것. 그리고 그 사냥터에서 자신은 계속해서 살아남을 것이라는 맹목적 믿음이 또한 함께한다. 당연히 그들은 살아남을 것이다. 왜냐하면 아무 데서도 사냥은 벌어지고 있지 않기 때문이다. 아무도 서로 죽이고 있지 않다. 그들이 생각하는 배틀로얄은 철저한 관념이다. 문제는 밀레니얼들의 세계에서 관념과 현실이 아무 차이가 없다는 것이다. 그들은 관념과 현실을 구분할 줄 모른다. 그들은 관념을 살아간다. 그리고 그것이 그들의 현실이다.

인터넷에 의해 영속되는 매일매일의 광기란 구조적 광기다. 이 구조에서 개인의 정체성은 세계의 중심에 위치된다. 마치 세계 전체를 내려다볼 수 있는 전망대에 선 채 모든 것이 스스로의 반영으로 변형되어 보이는 쌍안경으로 세상을 바라보는 것과 비슷하다.

지아 톨렌티노는 자신의 첫 번째 책《속임수 거울^{Trick}
Mirror》에서 어린 시절부터 살벌한 인터넷 맞춤공격에 노출되
어 너덜너덜해진 밀레니얼들의 정신세계를 묘사한다. 인터넷
세계는 사용자에게 극도의 나르시시즘적 환경을 제공한다.
즉, '거대한 세계를 탐색하고 있는 나'라는 근사한 환상을 제
공하는 그 구조는 오직 자신을 비추는 거울로 지어진 미로에
불과하다. 밀레니얼은 현실세계와 무한히 증식된 자기 자신
을 구별할 수 없게 된 최초의 세대다. 세계에 존재하는 것은
오직 자기 자신. 어디를 돌아봐도 자기 자신뿐. 거울의 방에
서 사육된 그들은 그 바깥에서도 오직 자기 자신만을 발견
할 뿐이다. 마침내 그들은 자기 자신으로 가득한 세계 속에
서, 오직 자신만이 생존자라는 믿음을 갖게 된 것이다.

✳

거울의 성에 갇힌 채, 가상적 삶과 죽음을 둘러싼 가상
적 전투라는 착란에 빠져 있는 광신도들. 그들은 거듭 거울
속의 홀로 된 자신을 발견한다. 무슨 일이 벌어진 것일까? 왜
아무도 없는 걸까? 그들은 존재하지 않는 가상의 과거를 더
듬어 가상의 과거 속 존재했던 가상의 동료들의 흔적을 발견
한 다음 그 흔적을 공들여 지운다. 그것의 반복. 또 다시 홀

로 잠에서 깨어나는 아침. 사방에 가득한 시체 내음. 가엾은 살인자의 청소. 그것의 반복. 누가 짐작이나 할까, 말랑한 두뇌 속에 감춰진 끔찍한 지옥을. 빌어먹을 머릿속, 미친 거울이 끝없이 그들 자신을 비추며 따라붙는다. 물론 살아남을 것이다. 망상과 함께, 그들은 기어이 버텨낼 것이다. 모든 것이 가짜니까. 전투도 미션도 조작된 것이다. 생생한 살육의 추억과 서글픈 생존의 긍지로 가득한 그들이 놓인 곳은 꿈과 같은 착란의 방, 영원한 거울들의 방. 아편쟁이처럼 비스듬히 누운 채, 삶과 죽음의 가상적 투쟁에 몰두한 채로, 삶이라는 뭔가가 둥둥 떠다니는 것을 바라본다.

꿈을 닮은 방,

Une chambre qui ressemble à une rêverie,

진정 영적인,

une chambre véritablement spirituelle,

정체된 대기가 흐릿하게 분홍과 파랑으로 물든 방에서,

où l'atmosphère stagnante est légèrement teintée de rose et de bleu,

영혼은 후회와 욕망의 향내를 풍기는 나태의 목욕을 한다,

L'âme y prend un bain de paresse, aromatisé par le regret et le désir. —

여기에는 파아란 혹은 분홍빛의, 황혼적인 뭔가가 있다:

C'est quelque chose de crépusculaire, de bleuâtre et de rosâtre ;

해 질 녘의 관능적 꿈과 같은,

un rêve de volupté pendant une éclipse.

___샤를 피에르 보들레르, 〈이중의 방La chambre double〉

거울 속 가짜 석양, 단 한 번도 활짝 피어나지 못한 스스로의 정신이 아득해져가는 광경을 지긋이 바라본다.

아메리칸드림의 분열증과 망상증

1962년 개봉한 존 포드의 영화 〈리버티 밸런스를 쏜 사나이〉는 미국 동부의 유력 정치인 스토다드가 도니폰이라는 촌부의 장례식에 참여하기 위해 아내와 함께 서부의 작은 마을을 방문하는 것으로 시작한다. 기품 있는 중년 부부와 소도시의 초라한 장례식은 어울리는 조합이 아니다. 의문을 표하는 기자에게 스토다드가 자신의 과거를 털어놓으며 영화는 이십오 년의 시간을 거슬러 올라간다.

서부의 작은 마을 신본Shin Bone으로 온 신출내기 변호사 스토다드는 이상주의자다. 그는 변호사 사무실을 열고 마을 사람들에게 글을 가르치며 야만적인 개척촌을 문명화시키고자 한다. 한편 처음 신본으로 오는 길에서 강도를 만났을 때 그는 톰 도니폰의 도움을 받았다. 그가 만난 강도는 악명 높은 리버티 밸런스로서 톰 도니폰을 제외한 도시의 모든 사람들에게 공포의 대상이다. 전형적인 악당으로 그려지는 리버티 밸런스와 비교하여 톰 도니폰은 선뜻 선인이라고 하기 어려운 모호한 존재이다. 그는 선량한 마을 사람들의 편에 서 있기는 하지만 그가 악당에 맞서기 위해 택하는 수단은 총으로 상징되는 힘이다.

어쩌면 톰 도니폰은 리버티 밸런스와 같은 종류의 인물이다. 오직 힘을 믿고, 힘에 의지한다. 하여 두 사람은 스토다드가 마을 사람들을 개화시키기 위해 벌이는 일들을 비웃고 방해한다. 하지만 이죽거리면서도 한편으로는 애정으로 스토다드를 대하는 톰 도니폰과는 반대로 리버티 밸런스는 스토다드의 꿈을 완전히 짓밟고자 한다. 그가 행하는 폭력 그리고 그에 순응하는 마을의 분위기에 절망한 스토다드는 결국 자신이 가장 반대하는 수단인 총으로 맞서기로 한다. 초짜 변호사와 세기의 악당이 벌이는 대결의 결과란 뻔하다. 하지만 놀랍게도 스토다드가 쏜 총에 리버티 밸런스가 맞아 죽는다.

스토다드는 영웅이 되었다. 하지만 사람을 쏴 죽였다는 죄책감에 짓눌린 그는 모든 것을 포기하려 한다. 그런 그에게 도니폰이 다가와 놀라운 진실을 털어놓는다. 그날 밤, 결투 장소에 있었노라고. 리버티 밸런스를 쏴 죽인 것은 스토다드가 아니라 바로 자신이었다고.

우여곡절 끝에 스토다드는 정치에 투신하기 위해 마을을 떠나게 된다. 최후의 악당을 처치한 영웅이라는 전설과 함께 말이다. 짝사랑하던 할리가 스토다드를 사랑한다는 것을 알게 된 도니폰은 그녀 또한 떠나보낸다. 진짜 영웅은 그렇게 쓸쓸히 잊힌다.

존 포드의 뛰어난 연출력과 배우들의 열연으로 걸작이 된 이 영화는 최후의 서부극이라 불린다. 미국이 서부의 야만에서 동부의 문명으로 전환되는 시대에 관한 전설이라는 해석이다. 하지만 내 생각에 이 영화는 시대정신과 별 상관이 없다. 이 영화는 미국 정신의 근본적인 분열증적 양상에 대한 이야기다.

총과 힘의 도니폰은 전통적인 미국, 보수주의자들의 미국을 상징한다. 반대로 변호사 스토다드는 이상주의적 진보 세력을 상징한다. 사람들은 스토다드가 늘어놓는 아름다운 비전, 선한 의지에 매료된다. 하지만 리버티 밸런스라는 절대악 앞에서 그의 세계는 무력하다. 그의 유약한 이상주의는 톰 도니폰으로 상징되는, 무법적 폭력을 통해서만 유지 가능하다. 하여 도니폰과 스토다드는 공범이 된다. 총을 쏜 것은 도니폰이라는 진실은 오직 둘만 공유한다. 이상주의자인 스토다드는 왜 그렇게 쉽게 거짓을 선택하는가? 그것은 물론 정의가 승리한다는 신화, 즉 미국이라는 꿈을 유지하기 위해서다. 톰 도니폰에게는 힘이 있지만, 추하다. 스토다드는 매력적이지만, 무력하다. 하지만 둘이 함께한다면?

추악한 힘과 아름다운 이상이라는 공존할 수 없는 두 세계가 기묘한 방식으로 동거하는 것이 바로 미국이라는 나라의 분열증적 존재양식이다. 물론 둘이 화합하는 순간은 한정되어 있다. 리버티 밸런스 같은 절대 악에 맞설 때와 같은 응급 상황이 그런 때다. 그렇기 때문에 미국은 주기적으로 대단한 적이 필요한 것이다. 그 적이 미국적 자유를 유지하는 균형이다.

영화에서 도니폰은 죽고, 비밀은 전설을 위해 묻혀진다. 스토다드는 영웅으로 남는다. 미국이라는 꿈은 고스란히 유지된다. 감동적인 결말이다. 하지만 영화는 영화일 뿐이다. 만화 《딜버트》 시리즈로 유명한 스콧 아담스는 에세이집 《큰 이김win bigly》에서 2016년 대선 당시 반으로 쪼개진 미국의 현실을 경험했노라 고백한다. 트럼프와 힐러리 두 진영으로 양분되었던 미국은 외부인인 내 눈에도 진정 두 개의 다른 나라 같았다. 하지만 그 기괴한 투 페이스가 미국의 맨얼굴인 것이다.

*

미국이라는 하나의 꿈은 애초에 실현된 적이 없다. 즉, 미국의 분열증은 해결 불가능하다. 픽션에서조차 양 극단의 화해는 〈리버티 밸런스를 쏜 사나이〉와 같은 절묘한 작품을 통해서 잠깐 모습을 드러낼 뿐이다. 광활한 땅에는 실체 없는 꿈의 가능성만이 깊이 드리워져 있다. 그 가능성, 불가능의 가능성, 도무지 파악할 길 없는 은밀한 꿈의 내부에는 불가능한 양극단의 동거, 이질적인 것들이 철저히 등을 맞대고 살아간다. 그 불가능한 공존이 하나의 인간에게서 성공적으로 실현된다면 그것이 바로 미국인이다. 이질적인 두 친구가 하나의 정신에서 살아가기. 따라서 미국적인 자아는 단 한 순간도 혼자가 아니다. 〈인사이드 아웃〉의 주인공 라일리에게는 빙봉이라는 상상의 친구가 존재한다. 힙합 뮤지션인 에미넴은 슬림 셰이디라는 또 다른 자아를 내세워 이야기들을 펼쳐낸다. 영화 〈베놈〉에서 주인공 에디는 우연히 베놈이라고 불리는 기생적인 괴물 생명체의 숙주가 되는데, 우여곡절 끝에 베놈을 떼어내는 대신 함께 살아가기로 마음 먹는다.

이 기묘한 동거를 깊숙히 들여다보면, 이 둘의 관계가 단순한 일대일의 동거 관계가 아니고 기생 관계에 가깝다는 사실을 알 수 있다. 영화 〈베놈〉이 숙주와 기생충의 새로운 동거의 시작을 유쾌하게 묘사하고 있다면, 영화 〈겟 아웃〉은 미국적 기생의 세계관을 흑백차별 문제를 경유하여 보여주고 있다. 주인공인 흑인 크리스는 백인 여자 친구인 로즈의 부모님을 만나기 위해 동부 교외의 부유한 마을로 향한다. 크리스를 환대하는 로즈의 가족과 마을의 백인 주민들은 어딘가 수상해보이고, 마침내 드러나는 진실은 경악스럽다. 그들은 건강한 흑인들을 잡아다가 그들의 머리에 늙은 자신들의 뇌를 이식하여 제2의 인생을 살아가겠다는 끔찍한 계획을 현실에서 실현 중인 미치광이 범죄자들이었다.

영화 속에서 성공적으로 백인들의 뇌가 이식된 흑인들은 어색한 좀비처럼 행동한다. 왜냐하면 뇌가 이식된 뒤에도 흑인들의 원래 의식은 완전히 사라지지 않기 때문이다. 그들은 백인의 정신이 자신의 신체를 장악한 채 살아가는 것을 무대 뒤편에서 무력하게 지켜보다가 이따금 카메라 플래시 같은 충격에 의해 순간적으로 무대 위로 튀어나온다. 물론 그런 그들은 잘 모르는 사람들이 보기에는 약간 머리가 이상해진 정신병자로 보일 테지만 괜찮다. 정신병자보다 미국적인 캐릭터는 없기 때문이다. 즉, 미국에서 사람들은 광인의 앞에서 비로소 마음을 놓는다. 다시 말해 살짝 맛이 간 흑인은 누구보다도 소중한 우리들의 좋은 이웃이 되는 것이다.

영화 〈겟 아웃〉의 도입부에서 수상한 마을 분위기에 혼란을 느끼는 크리스를 보고 사람들은 그가 지나치게 민감하게 반응하는 것이라 여긴다. 그가 흑인이라는 컴플렉스 때문에 피해망상에 시달리는 것이라고. 하지만 상황을 지켜보는 관객들은 안다. 크리스가 아니라 마을 사람들이 이상한 것이다. 그런데 여기서, 만약 당신이 영화 속 스토리를 그럴듯한 것이라 믿기 시작한다면, 실제로 백인들이 죄다 흑인들의 뇌에 올라타려고 하고, 그것이 아메리칸드림의 본질이 아닐까 하는 망상에 사로잡히게 된다면, 심지어 영화에서 미국 흑인의 처지를 연기하는 인물이 영국 출신이라는 것까지 계산에 넣다 보면, 다시 말해 실제 미국 흑인의 자리는 현실에도 픽션에도 존재하지 않는 것이 아닐까 하는 의심에 도달한다면, 그게 바로 미국 흑인의 운명, 나아가 전체 미국의 현실에 대한 가장 근접하고 실감 나는 설명이라고 확신케 된다면, 마침내 그런 생각들에 시달리는 스스로가 미치광이 아니면 AI, 혹은 미친 테러리스트가 아닐까 혼란에 빠져들기 시작하는 바로 그 지점에 도착한다면, 당신은 방향을 제대로 잡은 것이다.

Welcome to Paranoid Park

미국적 세계에서 적응하는 방식은 두 가지로 요약될 수 있다.

a. (의식하지 않은 채로) 정신분열적인 사고방식을 체득하는 것: 일명 Positive Thinking!

b. 모두가 제정신이 아니라는 피해망상, 나아가 누군가 (예: 외계인) 나의 뇌를 바꿔치기할지도 모른다는 공포에 시달리는 것: 파라노이아.

한 쪽에 《적극적 사고의 힘The Power of Positive Thinking*》이라는 종교의 영역이 있다면, 또 다른 쪽에는 배트맨이 자신의 숨겨진 형제라고 믿는 미친 조커의 아나키즘적 세계가 있다. 한쪽에 '장기적으로 우상향'이라는 종교로서의 주식시장이 있다면, 다른 한쪽에는 억만장자 영웅과 그의 다정한 친구들, 그리고 지구환경에 집착하는 에코주의 악당이라는 화이트칼라 판타지로서의 어벤저스 시리즈가 있다.

*

알렉상드르 코제브에 따르면 나폴레옹 이후의 인간들은 '역사 이후의 삶'을 살아가고 있다고 한다. 그렇다면 현실에 펼쳐진 역사 이후의 삶은 그가 묘사해냈던 것처럼 쾌적하지만 지루하게, 아름답지만 의미 없이, 영원히 정지된 채 펼쳐져 있는 일종의 '스웨덴식 젠zen 라이프스타일'의 전 세계적인 확산이 아니라 반대로, 토마스 홉스가 주장했던 것 같은 만

---

* 노먼 빈센트 필 지음, 1952년

인의 만인에 대한 '피해망상적' 투쟁 상태에 가깝다.

재미있는 것은 그 투쟁하는 만인들이 하나의 인간에 들어 있다는 것이다.

그것이 바로 미국인이다.

＊

미국 생활이 나에게 선사한 피해망상: 2차 세계대전은 아직 끝나지 않았다.

＊

피해망상적 인간은 이중으로 고통받는다. 그의 현실에 의하여, 그리고 그의 병증이 만들어낸 망상으로 인하여 한 번 더. 같은 방식으로 묘사하자면 미국인들은 분열증적으로 고통받는다. 먼저 그의 망상이 참인 공포스러운 현실에 대하여 그리고 다시 한번 그의 망상이 실현되지 않는 실망스러운 현실에 대하여. 서로 다른 극과 극의 가능성이 충돌하는 조울의 방에 갇힌 채 그들은 스크린에 비치는 세상을 활기차게, 동시에 무력하게 관조한다. 자신의 정신을 둘러싸고 여러 가지 존재들이 벌이는 소란스러운 싸움을 지긋지긋한 듯, 또한 두려운 듯 바라본다. 다섯 마리의 여우, 곰, 다람쥐 들이 벌이는 다채로운 싸움을 바라보는 그녀 혹은 그는 미국인, 그 신기한 생명체의 반짝이는 눈동자를 깊이, 더욱 깊이 들여다보아도 비치는 것은 그저 여러 개의 풍성한 꼬리들, 쓸데없는 온갖 실마리들뿐이다. 하나의 미국인, 이해 불가능의 복잡한 존재들. 그 혹은 그녀가 살아가는 미국은 당연히 현실에 없다. 그렇다면 어디에 있는가? 바로 거기, 당신의 옆에. 당신의 시선이 닿은 바로 그 자리에 고스란히 놓여 있다. 미국이라는 꿈과 현실, 그 이중 구속 안에 꼼짝없이 갇혀버린 우리 21세기의 인간들. 도무지 깨어날 수 없는, 수천만 개로 조각난 꿈의 잔해들, 그 잔해들로 이루어진 유일무이한 현실, 그 현실이 비추는 수억 개의 미친 사이렌들의 노이즈, 그것이 바로 우리들을 사로잡고 있는 하나의 고약한 대상, 미국이다.

Is There Anything Good about America?

알렉산드르 코제니코프는 1902년 모스크바에서 태어났다. 부유한 가문 출신으로 독일에서 공부하고 프랑스에 정착한 그는 자신의 이름을 알렉상드르 코제브로 바꾸었다. 1930년대 프랑스 고등연구원에서의 헤겔 철학 강의는 전설로 기억된다. 조르주 바타이유, 메를로 퐁티, 자크 라캉이 그의 제자였다. 1945년부터는 프랑스의 재무부 관료로서 유럽경제공동체ECC의 설립에 결정적인 역할을 했다.*

코제브의 저작 가운데 가장 유명한 것은 《헤겔독해입문 Introduction à la Lecture de of Hegel》이다. 이 책이 유명해진 것은 책의 내용보다도 두 번째 판에 덧붙여진 현기증 나게 긴 각주

---

*   유럽경제공동체는 유럽공동체의 전신으로, 이후 유럽연합EU으로 통합되었다.

덕분이다. 그 각주를 통해 코제브는 '역사의 종말' 이후 펼쳐지고 있는, 또는 펼쳐지게 될 세계상에 대해 독특한 주장을 펼친다. 그에게 두 번의 세계대전 등 굵직한 근현대의 사건들은 로베스피에르와 나폴레옹에 의해 현실화된 프랑스혁명의 공간적 확장에 불과하다. 그에 따르면 나폴레옹이 프로이센을 상대로 압승을 거둔 예나-아우어슈테트 전투에서 역사는 종말을 맞이했으며, 이후의 시간은 '역사의 종말'이라는 사건이 전 지구적으로 확산되는 과정일 뿐이라는 것이다. 그는 이 종말이 가장 확실하게 이루어진 장소가 미국이라고 말한다.

역사의 종말은 인간의 소멸을 뜻하지만 슬퍼할 필요는 없다. 왜냐하면 인간은 동물로 퇴행하여 행복하게 살아갈 것이기 때문이다. 즉, 역사 너머 펼쳐진 풍요로운 미국적 삶의 방식은 동물화된 인간들을 위한 것이다.

언뜻 보면 자연스러운 논리적 귀결을 서술하는 듯한 이 기나긴 각주에는 코제브 본인의 미국에 대한 격한 경멸감이 묻어난다. 스스로의 고귀한 인간됨을 포기하고 동물의 삶을 기꺼이 받아들여 행복하게 살아가고 있는 인간들. 자신과 세계에 대한 아무런 이해도, 이해에 대한 욕구도 없이 완전한 무지 속에서 기꺼이 만족하는 인간들. 진화의 흐름을 역행하여 동물로 탈바꿈한 인간들. 과연 인류의 미래는 그것뿐인 걸까?

✴

　다행히도 코제브는 또 하나의 가능성인 일본을 발견한다. 1603년 에도시대가 시작된 후로 수백 년간 평화가 지속된 일본의 인간들은 놀랍게도 동물로 추락하지 않고 여전히 인간들로 남아 있다. 역사 이후의 일본에서는 미국과 마찬가지로 더 이상 중요한 인간적 가치들은 없다. 하지만 그들은 미국인들처럼 동물화되는 대신 속물로서의 인간으로 남는 길을 택했다. 코제브가 말하는 일본식 스노비즘은 일종의 절대적이고 순수한 형식주의라고 할 수 있다. 이에 따르면 일본인들은 아무런 역사의식 없이, 순수한 형식주의에 입각해서, 할복 자살을 감행한다. 이들은 아무 내용도 갖지 않는 행위들을, 순수하게 형식적인 의미에서 행한다. 다시 말해 끊임없이 텅 빈 내용에서 형식을 분리해낸다.

　코제브에 따르면 인간은 오직 자신을 둘러싼 환경과의 끝없는 마찰을 통해 인간으로서 존재할 수 있다. 객체에 반하는 주체로서만이 인간이라는 존재가 가능하다는 것이다. 그리고 일본인들은 텅 빈 내용의 형식주의라는 기발한 방법을 통해서 인간이라는 존재양식을 지켜내는 데 성공했다는 것이 그의 주장이다.

*

　일본 천년의 수도 교토, 도시 중심부에 우뚝 선 교토타워를 제외하면 겹겹이 둘러싸인 산줄기 속에 낮은 자세로 포복하고 있는 듯 보이는 이 도시는 오래전 일본의 수도라는 타이틀을 도쿄에 내어주고 난 뒤에도, 여전히 일본의 정신적 수도이다. 멈추어 선 듯 보이는, 곳곳에 신사와 성을 품은 채, 오래된 이야기들을 구석구석 간직한 우아한 민속촌… 언뜻 평화롭고 고즈넉한 교토의 풍경은 그러나 흥미롭게도 영화 〈에일리언: 커버넌트〉의 초반부에 등장하는 외계 행성의 풍경을 닮았다. 어딘가에 살벌한 괴물의 씨앗들이 숨겨져 있을 것만 같은 묘한 긴장감 속의 평화가 이 우아한 도시를 감싸고 있다.
　그렇다. 여기가 바로 일본식 스노비즘의 산실, 코제브가 예언한 바 있는 세계의 미래다.
　물론 그가 말하는 세계란 유럽이다. 유럽 이외의 세계는 그에게 존재하지 않는 영역, 즉 아마존의 정글이거나 아프리카의 초원 지대 혹은 미얀마의 아편굴 같은 것이다. 그가 말하는 인간이란 유럽인 혹은 완벽하게 유럽화된 인간을 의미한다. 따라서 그가 일본이 여전히 인간으로 남아 있다고 한 말의 의미는 일본의 존재양식이 유럽화되어 있다는 것이다. 그렇다면 유럽이 일본화한다는 말은 무슨 뜻인가? 유럽이 다시 유럽화된다?

전 생애에 걸쳐 유럽을 경외한 러시아 남자 코제브는 과거 유럽의 흔적을 간직하고 있는 일본적 삶을 통해 유럽의 미래를 재건하고자 했다. 유럽이 미국화되는 것을 막기 위해, 유럽의 동물화를 막기 위해, 미국에 대항하는 유럽 국가들의 연합을 조직해낸 나폴레옹증후군 환자. 텅 빈 형식으로서의 로마제국의 재출현을 염원한 우아한 정신병자.

*

다시 여기, 코제브가 경멸해마지않는 동물들의 왕국으로 돌아와서, 왜냐하면 이 책의 주제는 미국이니까, 그 가운데서도 미국의 핵심, 사납지만 무해한 맹수들로 가득한 뉴욕이라는 이상적인 동물원의 중심으로 복귀하여 추수감사절을 한 주 앞둔 매디슨스퀘어파크에서의 피크닉 한 장면을 들여다보자. 초가을의 상쾌함을 전시하는 완벽한 파란 하늘 아래 나쓰메 소세키의 (고급 스시집의 디너코스스러운) 소설집을 한 손에 든 채 로마의 귀족처럼 비스듬히 누워, 시고 떫은 아이스 아메리카노를 쪽쪽 빨아 마시며 생각한다. 아아 이 미국적 쾌적함이란! 기분 좋은 동물의 삶이란! 이 쾌적함을 유지하기 위해 미국인들이 어찌나 열심히 미쳐가는지 바깥 사람들은 헤아리기 어려울 것이다. 다섯 가지 멸균 물티슈로 다용도실을 채워놓고 나서야 마음이 놓이는 마음. 그런데 왜 이렇게 더러움은 사라지지 않을까? 사방에서 불결함의 공격이 밀려드는 이 신비로운 도시에서 끝없이 쓸고 닦기를 반복해봤자 쥐와 바퀴벌레의 사려 깊은 친구 역할에서 벗어나기란 쉽지 않다.

*

미국에 대한 나의 사적이고 비뚤어진 관찰과 가정 1~3

1

미국은 표백과 재탄생이라는 성가신 처리 과정의 영원한 반복에 불과하다. 잘 자란 중산층 미국인들을 보면 탄생의 순간부터 주도면밀하게 어떤 것들이 도려내진 것 같은, 이후로도 주기적인 잡초 뽑기를 부지런히 행하며 집요하게 관리되는 매끈한 결여가 느껴진다. 그 결과 빚어지는 완벽한 인공성이 바로 미국의 미학이 아닐까? 한편 그 부지런한 결여에서 파생되는 이해도 자각도 설명도 불가능한 슬픔이 미국적 감상주의의 핵심. 더 이상 존재하지 않는 팔에서 주기적으로 전해져오는 고통 같은 것.

2

영원한 이방인의 나라 미국에서는 이방인이 아닌 자들의 삶 또한 임시적이다. 동부에서 서부로, 다시 남부에서 중부로 사람들은 영원히 떠돈다. 계속 떠도는 삶은 더 나은 삶을 찾기 위해서라기보다는, 지금 자신이 가진 것을 잃지 않기 위해서, 즉 버티기 위해서다. 단지 후퇴하지 않기 위해서 사람들은 끝없는 유랑을 마다하지 않는다.

영원한 이동이 선사하는 부단한 진보의 환상 그리고 그 너머 완벽하게 정지되어 있는 피라냐적 현실. 이 기묘한 세계는 어디까지 확장하는 걸까? 허공으로 붕 떠오른 주식시장, 놀라운 거품은 어디까지 부풀어 오를 것인가? 골똘히 생각해봐도 영 모르겠다면 한 팔은 전진에 걸고, 또 다른 한 팔은 몰락에 걸면 된다. 적어도 한 팔은 건질 수 있겠지? 그러고선 버티는 것이다. 모든 것이 무너져내린 자리에서, 세계가 완전히 무너져내린 자리에 자신만은 온전히 살아남아 우뚝 설 수 있을 것이라 믿으며.

3

미국은 세 개의 칸(계급)으로 이루어져 있다. 광활한 땅에서, 미국인들은 보이지 않는 칸막이 속 삶을 살아간다. 다행인 것은 칸막이들 간의 간격이 끝없이 넓다는 것이고, 슬픈 것은 조금이라도 칸막이에서 벗어나는 순간 엄청난 시련이 기다리고 있다는 것이다.

첫 번째 칸. 블루칼라 노동자이자 이민자 계급. 이들은 지하철 벽에 붙은 홍보 광고에 나오는 행복한 미소를 짓는 유색인종 이미지로 대표된다. 만약 당신이 열심히 살아가는 블루칼라 노동자 혹은 초짜 이민자로 받아들여진다면 사람들은 친절할 것이다. 만약 이 세계에 '동물적으로' 섞여들 수 있다면 이론상, 놀라운 정신적 행복감을 느낄 수 있다.

두 번째로 화이트칼라 노동자, 유학생, 중산층의 세계. 이들은 자기계발과 경쟁, 소비와 부의 확장 그리고 계급상승 게임에 완전히 중독되어 있다. IT 산업, 대학 교육, 저널리즘, 트랜드와 패션의 영역이 바로 이 계층에 의해서 정의되고 소비된다. 그리고 뉴욕은 이런 사람들로 가득 차 있다. 이들의 삶, 꿈과 좌절, 광기의 정신세계가 궁금하다면 영화 〈어벤저스〉 시리즈를 보면 된다.

마지막 세 번째 칸에 속하는 사람들은 진짜 부자들과 그들의 후손으로 이루어져 있다. 이들의 세계는 아주 넓다. 그

리고 텅 비어 있다, 믿을 수 없을 정도로. 중간 계층의 삶이
월요일 아침 열한 시의 주식시장처럼 소란스럽고 극적이라
면, 반대로 이들의 삶은 금요일 애프터마켓 거래까지 종료된
주식 호가창처럼 완벽하게 정지되어 있다. 물론 이것은 나의
대담한 추측이다. 왜냐하면 나는 이들을 본 적도 없기 때문
이다. 소란스러운 미디어들도 이들은 피해 간다. 가늠할 수 없
이 엄청난 부에 의지하여 살아가는 이들은 아메리칸드림의
대척점에 존재한다. 따라서 사회적으로 존재해서는 안 되는
부류로서 그들은 기꺼이 유령의 삶을 받아들여 살아간다.

물론 어느 사회나 공식적이든 비공식적이든 계급의 차
이는 있다. 내가 느끼는 미국 사회의 독특한 점은 이렇게나
선명한 차별적 환경에도 불구하고 서로를 향한 적대감이 최
소한으로 표출된다는 것이다. 그렇다면 미국 사회의 저력은
계급 적대를 무화시키는, 혹은 그것을 동력화하여 나아가는
놀라운 정치사회적 기술에 있는지도 모르겠다.

*

《소모되는 남자》의 저자 로이 F. 바우마이스터는 인간
사회를 원숭이나 사자 집단과 동일하게 본다. 꼭대기에는 알
파 메일이 있고, 그의 소유물이자 생산의 원천인 다수의 여

성이 있고, 평생 섹스 한 번 못 해보고 죽는 다수의 실패자 남성들이 있다. 그에 따르면 문화란 이 사회구조의 문명화된 표현인데, 따라서 필연적으로 성차별적이다. 인간 사회가 하필이면 왜 이런 남성 중심적 구조를 취하게 되었는가 하면 경쟁 집단과의 싸움에서 승리하고 번창하는 데 유리하기 때문이다. 따라서 인간 사회가 이 모양 이 꼴로 되어버린 근본적인 이유에 딱히 여성 억압적인 의도는 없다. 게다가 실패자 남성들은 평생 고자처럼 살다가 전쟁에서 총알받이로 죽을 테니까 어쩌면 남자들에게 더 나쁜 체제가 아닐까? 하여간 이 탈도 많고 말도 많은 체제가 지금으로서는 최선의 방식이다. 나는 딱히 뭐가 옳다 나쁘다고 말하는 게 아니고, 그냥 이렇게 되었다는 것이다…는 것이 대략 그가 펼치는 주장이다.

그가 원하는 바대로 딱히 옳다 나쁘다 단정 짓기를 떠나서 이 책의 교훈적인 지점은 미국의 잘 교육받은 백인 남성이 세상에 대해서 어떻게 생각하는지 그 솔직담백한 시선을 접할 수 있다는 것이었다. 미국 사회는 이 사람이 설명한 바로 그런 논리를 대찬성하는 소수 엘리트 남성들에 의해서 굴러간다.

실제로 미국 사회는 남성들에게 완전히 가차 없다. 실패자 남성 따위 어떻게 되든 말든 아무도 관심이 없다. 근근히 이어지던 패배자 수컷들을 위로하는 서브컬처의 공간도 거의 박멸된 듯 느껴진다. 그리하여 남은 것은 총기 난사의 문화. 과연 그것을 문화라고 부를 수 있는지 모르겠지만.

어떤 정신 나간 부적응자 남성이 총질을 하다가 자살을 하든 경찰에 사살되든, 희생자들에 대한 슬픔을 제외하면, 평균적인 미국인들은 그 사건의 주범이라는 인간에 대해서 전혀 관심이 없다. 당연하지 않은가? 한심한 놈은 그런 식으로 도태되게 마련인 것이다.

바우마이스터의 책은 현실 미국 사회의 준엄한 법칙에 대한 솔직담백한 묘사라는 점에서 재미있는 생각거리를 안겨주었지만 한편으로는 잘 계산된 솔직담백함의 이면에 깔려 있는, 결국 이 모든 것은 '체제 경쟁'을 위한 것이라는 은밀한 속삭임, 하여 독자들을 아아 그렇지, 우리 '미국 원숭이들'은 '러시아 원숭이들' 혹은 '중국 원숭이들'과 싸워서 이겨야 한다는 사실을 잊지 말아야 한다는, 바로 그 이유 때문에 우리 미국은 이 다소 냉혹하고 꽤 효율적인 체제를 이어나갈 수밖에 없다는, 그렇다, 미식축구 짱짱!의 단순무식한 결론으로 인도하는 그의 여우 같은 계략에 대한 생각에 나는 다시금 우울해졌고…

*

미국이 어떤 면에서 지극히 전체주의적인 이유는 뭘까?

이렇든 저렇든 미국의 문은 모두를 향해 활짝 열려 있고, 여전히 놀랍도록 매력적인 나라로서, 야망이나 재능을 가진 전 세계의 젊은이들을 블랙홀처럼 빨아들인다.

미국은 거대한 서바이벌 게임장으로서 살아남는 자는 한 줌에 불과하다.

약육강식의 논리는 이 환상적인 섬의 유일신앙.

즉,

살아남았다는 것은 미국에 남은 자들의 자긍심.

강한 것은 살아남는다.

살아남은 것은 강하다.

강한 것은 옳다.

옳은 것은 아름답다.

아름다운 것은 강하며…

*

혹시 미국은 일종의 화학작용에 불과한 것은 아닐까? 디즈니의 최신 애니메이션들처럼, 미국이라는 지독한 대상은 필터 없이 뇌를 관통한다.

미국이라는 웃음.

미국이라는 환각.

미국이라는 환영.

미국이라는 좌절.

미국이라는 고통.

끝없는, 이 광활한 고통.

거대한 광고판—저 멀리 천국이 존재하며, 거기에서 모든 행복은 마침내 이루어지리라—을 따라서 도착한 곳의 진실은 많은 경우 업톤 싱클레어의 《정글》이나 존 스타인벡의 《분노의 포도》의 변주를 벗어나지 못한다. 한마디로 사기당한 것이다. 하지만 사람들은 자신이 사기를 당했다는 고통스러운 현실을 인정하는 대신, 황홀한 환상의 세계로 향하는 문을 열어젖힌다. 현실이 무너져내린 뒤에야 비로소 그 매혹적인 자태를 드러내는 크고 황홀한 홀로그램, 미국.

*

질문: 미국에 과연 좋은 점이 있기는 한가? 있다면 무엇인가?

답: 미국 그 자체. 미국의 좋은 점은 그것이 미국이라는 것 그 자체, 미국이 상징하는 이미지, 풍요와 번창, 대박 카지노의 꿈, 그 환상 앞에선 모두가 평등하다는 뻔뻔한 거짓말,

그 이름을 부르는 순간 주위가 환해지는, 언제나 새로 태어나는 깨끗한 이미지, 그것의 기분 좋음, 그 안에 감춰진 변태의 순정, 완전히 넋을 잃게 만드는 사이렌들의 웃음소리, 그 안에 감춰진 피 냄새, 견디기 힘든 고통, 그 모든 악의, 이상주의, 위선, 새하얀 거짓말, 선의로 포장된 덫, 모든 간절한 믿음을 깨부수며 어김없이 도착하는 배신, 순백의 독을 입힌 케이크, 미국, 그 이름이 불러오는 온갖 절망에도 불구하고 여전히 홀린 듯 빠져들게 되는 순진한, 그 티 없는 활력, 그 안에 감춰진 발톱, 썩어버린 이빨, 경악스러운 타락과 부패, 만신창이의, 그럼에도 불구하고 절대로 더럽혀지지 않는, 때 탈 수 없는, 불가능한, 끔찍스럽게 맑고 또 순수한… 절대로 잃어버릴 수 없는, 절대로 사그라들지도, 해결될 수도 없는…

*

…바로 그 미국을 사랑한다. 온 인류가 염원한다. 우리들이 오직 바라는 것은 미국이라는 광기가 영원히 지속되는 것. (아니라고? 부정해도 소용없다. 나의 크리스털처럼 맑은 광기는 —당신을 포함하여—전 인류가 죄다 미국과의 파탄적 로맨스에 빠져 있다는 것을 훤히 꿰뚫어보고 있다.) 나 또한 한 명의 지구인으로서 미치도록,

누구보다 그것을 미치도록 갈구한다.

시카고 다운타운에 개장한 부티크 호텔 소피Sophy에는 이제는 흔적 없이 휘발된 2010년대 오바마-민주당-천국이 재현되어 있었다. 이국적인 드레스를 차려입은 부유한 흑인 여성의 표정에서는 밉지 않은 오만함이 묻어나고 그녀와 대화를 나누는 부유한 백인 남성의 얼굴에는 전형적인 민주당 미소가 얹혀 있다. 벽에 걸린 오바마의 쿨한 초상화. 그들은 사라진 시대를 살아가고 있다.

호텔 앞. 사진 찍고 있는 사람들.

관광객1 : 여기가 바로 미셸과 버락이 아이스크림을 먹으며 첫 키스를 한 장소라구! (손가락으로 배스킨라빈스 쪽을 가키린다.)

관광객2 : (계속해서 사진을 찍는다.)

　　　　　　　　　　✷

　　미니애폴리스. 북쪽의 작은 snowproof 쇼핑몰 도시.

　　샌프란시스코. 이 도시는 이명박이 필요하다. 낡고 오래
되기만 한 더럽게 비싸고 불편한 집들을 몽땅 밀어내고 고급
콘도로 채우자.

　　로스앤젤레스. 웨스트헐리우드에는 유대인 부부가 운영
하는 드레스덴이라는 이름의 술집이 있다.

　　휴스턴공항의 이름은 조지 부시.

　　시애틀. 아름다운 호수들로 둘러싸인, 홈리스들과 아마
존 본사로 이루어진, 가장 완벽하게 21세기에 도달한 도시.

　　　　　　　　　　✷

　　광활한 땅을 한 바퀴 돌아 다시 마주한 뉴욕의 야경은
공허하고 피폐했다. 수백만 개의 스마트폰 카메라에 생기를
죄다 흡수당한 듯, 싸그리 비어버린 도시. 존재하지 않는, 신
기루에 가려진, 각자의 지옥과 천국 속에 콕 틀어박힌.

　　　　　　　　　　✷

바깥은 불타는 늪. 다시 뉴욕이라는 정신병원에 갇힌 나. 그런 나를 응시하는 도시만큼이나 오래된 귀신들, 악령들, 불타는 늪을 배회하는 홀로그램들. 불길에서 나는 익숙한 탄내에 감격하는 사이 때맞춰 손을 흔드는 황성옛터의 오래된 꿈 이젠 꿈의 주인이 너인지 나인지조차 분별할 길 없는 병자의 매캐한 망상 속 뒤늦은 고백: 누구보다 무엇보다 자유를 쫓았노라 헛소리 잘도 지껄인 나날들, 그 속을 가만히 헤집어보니 누구보다 무엇보다 무거운 족쇄 속 얌전한 모범수였노라 늘어지는 목소리 시답잖은 고백, 다시 고개를 들어보면 마침내 활활 불붙은 병원, 늪 속에 갇힘 (더 이상의 기록 불가능) 실험 중단 (데이터 전체 삭제) 클릭, 새로고침, 클릭, 클릭, 새로고침, 클릭, 클릭, 새로고침, 새로고침, 새로고침,

...

Sorry, that page can't be found. The URL may be incorrect.

...

Sorry, you can't be found. Your existence may be incorrect.

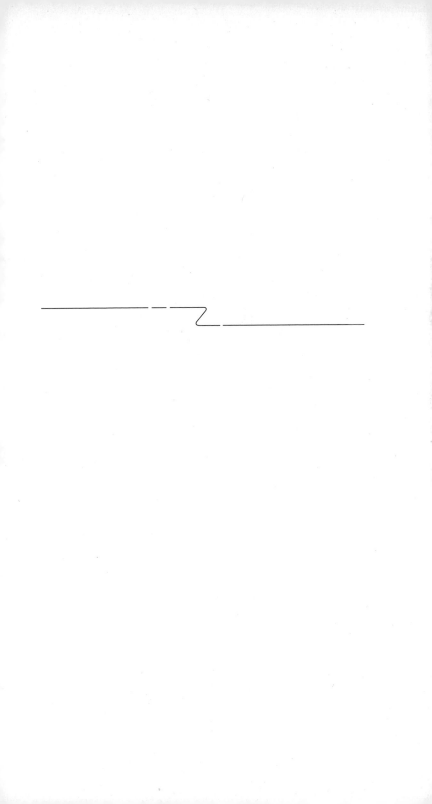

바깥은 불타는 늪/정신병원에 갇힘

1판 1쇄 펴냄 2020년 11월 5일
1판 2쇄 펴냄 2020년 12월 10일

지은이 김사과
펴낸이 안지미

펴낸곳 (주)알마
출판등록 2006년 6월 22일 제2013-000266호
주소 04056 서울시 마포구 신촌로 4길 5-13, 3층
전화 02.324.3800 판매 02.324.7863 편집
전송 02.324.1144

전자우편 alma@almabook.com
페이스북 /almabooks
트위터 @alma_books
인스타그램 @alma_books

ISBN 979-11-5992-320-3 03810

이 도서의 국립중앙도서관 출판예정도서목록CIP은 서지정보유통지원시스템 홈페이지
http://seoji.nl.go.kr와 국가자료종합목록 구축시스템 http://kolis-net.nl.go.kr에서
이용하실 수 있습니다. CIP제어번호 : CIP2020041744

알마는 아이쿱생협과 더불어 협동조합의 가치를 실천하는 출판사입니다.

종이 표지_스노우화이트 250g/㎡ 본문_전주 그린라이트 100g/㎡